よくやる……
俺も
そう思う
類は友を呼ぶ
とはよく言った
ものだ
レティは本当に
逢引を楽しんで
いるように見える
ちなみに
――
今の俺たちも
逢引に見えている
と思うぞ

クラッシュ・ブレイズ

# スペシャリストの誇り

茅田砂胡

*Sunako Kayata*

C★NOVELS Fantasia

口絵
挿画　鈴木理華
DTP　ハンズ・ミケ

# ファロットの美意識

# 1

ある意味、彼は非常に運が悪かった。

彼はゼペス大学に在籍する四年生で医学を専攻し、その中でも特に病原微生物を研究していた。

ここ何日も校内の実験室に泊まり込んでいたが、手間と根気の掛かる研究もようやく山を越したので、今日は久しぶりに寮へ帰ろうとしたところだった。

既に陽《ひ》が暮れて外は真っ暗である。それどころか、もうじき日付が変わろうとする時間だった。

大学から彼の寮までは徒歩三十分。

自転車ならその四分の一だ。

ゼペス大学のあるサンデナン大陸東海岸は一年を通じて比較的温暖な気候だが、今は真冬である。

外套《がいとう》の前をしっかり合わせて襟《えり》を立て、手袋まで嵌《は》めて愛用の自転車にまたがったが、走り始めると剥《む》き出しの頬《ほお》を容赦なく冷気が刺した。

彼はいつも公園の遊歩道を通り抜けて寮と学校を行き来していた。それが一番の近道だからだ。

この夜も当然のように公園へ向かった。

連邦大学惑星《ティラ・ボーン》は街の緑化運動に熱心な国だから、至る所に大きな公園がある。

緑を保護するため、夜間の緑化地域は極力照明を落としている。

この公園も昼間はとても見晴らしがいい場所だが、今は真っ暗だった。

歩くのに不自由しない程度の街灯がところどころ遊歩道を照らしているだけだ。

足を踏み入れるのが躊躇《ためら》われるような雰囲気だが、この惑星は治安維持には異様なほど力を入れている。

こんな時間に公園を通っても危険なことなどない。

しかし、この時は別の難儀が彼を待ち受けていた。

一刻も早く寮の部屋に戻りたくて、がむしゃらに自転車を飛ばしていた彼は、風のように通り過ぎる暗い景色の中に何か引っかかるものを見た気がした。

自転車を止めて振り返った。

遊歩道だけは少し照らされているが、それ以外は闇に覆《おお》われている公園である。

もう一度、眼を凝らして、それに気がついた。

街灯から少し離れた木の幹にもたれかかるように、足を投げ出して地べたに座り込んでいる人がいる。

うち捨てて通り過ぎてしまってもよかったのだが、これから明け方にかけて気温はどんどん下がる。

もし酔いつぶれているのだとしたら、その状態で朝まで放置したりしたら、間違いなく命に関わる。

彼は舌打ちして自転車を戻した。

親切心からではない。

連邦大学の学生には素行評価というものがある。

無視して通り過ぎて、この相手が凍死でもしたら、そしてこの場に彼が居合わせたことが発覚したら（公園の通過記録から間違いなく明らかになるが）さらに彼が医学部に在籍中で人体の生理についてもある程度心得ていることがわかったら、責任追及は免《まぬが》れないことになってしまう。

夜の公園は警備用の自動機械が定期的に巡回しているはずなのに、どうして今まで気づかないのかと訝《いぶか》しみながら自転車を降りた。

「もしもし……」

意識のない相手を起こそうと軽く肩を叩いたら、その肩が腕ごと外れて地面に落ちた。

絶句していると、今度は首のちぎれかけた身体がぐらりと傾《かたむ》いて倒れてきた。

街灯の明かりに照らされたその顔は、既にただの物体と化してはいたが、かつては間違いなく生きた血肉を持った人間のものだった。

ぽかんと見つめていた彼は今度こそ叫ぼうとして、声が出ないことに気がついた。

反射的に駆け出そうとした足も自由にならない。

いつの間にか、彼は地面にへたり込んでいた。

腰が抜けたのだった。

通報を受けた警察は直ちに捜査に取りかかった。

現場を見た捜査官も鑑識も一人残らず顔をしかめ、眼を背《そむ》けた。

頸部《けいぶ》はほとんど切断され、まさに皮一枚の状態でつながっており、両手足は完全に切断したものを、わざわざ縫《ぬ》い合わせてあった。

ただし、その糸はお粗末なもので、しかも至ってぞんざいな縫い方だったから、運の悪い学生が軽く叩いただけで糸が切れて落ちたのだった。

胴体もさんざんに切り刻まれ、内臓はすべて一度取り出されてまた詰め込んであると監察医は言った。

遺体には様々な処置が施されていて、そのために正確な死亡推定時刻は不明だが、監察医は個人的な見解として、死後十日は経っているだろうと話した。

連邦大学惑星でこんな猟奇的事件は極めて珍しい。

それだけに警察も捜査に対して慎重にならざるを得なかった。

この星はその名前が示すように学校の国なのだ。

共和宇宙中から大勢の子どもを預かっている以上、いたずらに不安を招くのは好ましくないと判断して、警察は当初、詳しい情報を伏せ、ただ、殺人事件が起きたことだけを発表した。

被害者は四十五歳男性。住所不定、無職。

福祉施設に寝泊まりしている失業者の一人だった。

セントラルの出身で二十年前に大学惑星に入国し、結婚歴はなし。家族もいない。

被害者が最後に確認されたのは惨殺《ざんさつ》死体となって発見される半月も前のことだ。

その夜、被害者は友人たちと馴染みの酒場で賭け事に興じていたが、負けが込んできたので、悪態をつきながら店を出て行ったという。

そこまではわかったが、では肝心の犯人となると、まるで見当がつかなかった。

現場の公園入口には監視装置が設置されているが、

殺害当時の様子は記録されていなかった。

それどころか、被害者がこの公園に入る様子すら記録されていない。

「どういうことだ、これは⁉」

さすがに捜査担当者も苛立《いらだ》ちを隠せなかった。

被害者の死因は出血性ショック死。

解剖結果を待つまでもなく明らかなことだったが、それにしては現場にはほとんど血が流れていない。

どこか他の場所で殺害されて、あの公園に運ばれ、放置されたことは間違いない。

それなら公園入口に設置された監視装置に遺体を運ぶ様子が映っていなくてはならないはずだった。

そもそも現場の公園には歩行者と自転車用の遊歩道があるだけで車両用の道路はない。不審な車両が乗り込んでいけば——その様子が監視装置に映れば、直ちに警備が飛んでいくはずだった。

警察は現場の公園を含む地域を担当していた警備用自動機械《オートマトン》の記録を回収したが、一時間前に現場を通った時は何も異常はなかったとなっている。

そして公園のすべての出入り口に設置された監視装置の記録によれば、その一時間後、第一発見者の学生が自転車で公園に乗り込んでいくまで、園内に立ち入った者は誰もいないとされている。

「馬鹿なことを！　ではこの被害者は空から降ってきたとでも言うのか⁉」

無論そんなはずはなかった。仮にそうだとしても、上空を飛ぶ飛行機の素性はたちまち明らかにできる。

こうして捜査は初手から行き詰まってしまった。

遺体を解剖した監察医は、傷の状況から判断して、犯人は大量の返り血を浴びているはずだと断言した。

「被害者はまさに全身傷だらけ、傷のないところを見つけるほうが難しいくらいですが、約半数の傷に生活反応があります」

「つまりこの犯人は被害者をなるべく生かしながら切り刻んだと？」

「そういうことになります。しかも、死んでからも刻むことをやめなかったわけですな」

捜査責任者は忌々《いまいま》しげに呟《つぶや》いた。

「怨恨《えんこん》だとしたら恐ろしく根深い恨みだな」

それは言い換えれば怨恨であってくれとも取れる言葉だった。

この懸念《けねん》はすぐに現実のものとなった。

三日後、今度はログ・セール西海岸の町中で同じ状態の死体が発見されたのである。

現場は薄暗く、滅多に人の通らない裏通りだった。

それだけに監視装置は昼も作動しているはずだが、やはり犯人の姿も犯行状況も記録されていなかった。

さらに二日後、今度はまたサンデナンだった。

最初の事件現場から二百キロほど離れていたが、海の見える公園で第三の死体が発見された。

被害者たちは年齢も経歴もまちまちで個人的にも接点はない。

唯一、共通していることがあるとするなら、第二、第三の被害者も失業中であり、施設暮らしであり、身よりもないという点だった。

ここまで続くと、さすがに世間でも騒ぎ出して、隠し通すのも限界になった。

連邦大学警察は記者会見を開き、両大陸で無差別連続殺人事件が起きていると説明し、現在のところ、残念ながら捜査に進展はないと発表した。

同時に、外部から密かに専門家を招集した。

犯罪心理学や異常性格に対する豊富な知識を持ち、なおかつ秘密を守る宣誓書への署名を躊躇わない人、さらにつけ加えるなら、医学生の現状に詳しい人を特に選んで招いたのである。

公表は避けたが、犯人は医療に関わる者、または医学的知識のある者だと考えるに足る充分な根拠があったのだ。

警察としてはもっとも考えたくないことだったが、最悪の場合、医学知識のある学生による犯行という可能性も捨てきれなかったのである。

その結果、連邦大学で現実に講義をしている人、研究室を持っている教師や講師たちが集められたが、その中にアネット・ヘッケルの姿があった。

まだ三十歳と若いが、彼女は医師免許と臨床心理学の学位を持ち、何度か警察に協力したこともあり、犯罪情報分析《プロファイリング》の経験も豊富である。

死体の一つや二つでは動じないはずだが、彼女は今回、警察に招かれた時から顔を強《こわ》ばらせていた。

奇妙な緊張と不安のないまぜになったその表情は、実際の遺体の記録を見せられるとますます強まった。

犯人への怒りではない。この残忍な仕業《しわざ》に戦慄《せんりつ》を覚えたというわけでもない。

彼女にはこんなことをしそうな人間に心当たりがあったのである。

# 2

「聞いた？　またばらばら死体が出たんだって」

「ひどい有様だったってね」

「結構近いんだよ。行ってみようか？」

さすがに三件も続くと、地元の生徒たちの間でも無差別連続殺人事件の噂《うわさ》で持ちきりだった。

アイクライン校中等部も例外ではない。

第一の事件も第三の事件もサンデナン東海岸だ。アイクラインのある南岸からは少し離れているが、昼の間なら中学生でも見に行くことができる。

リィとシェラも人並みに報道番組くらい見るので、最近話題のこの事件のことは当然知っていた。

「本当に、物騒な話ですよねえ……」

「その現場が観光地になるってことのほうが物騒だ。見たところで何も残ってないだろうに」

二人とも殺人現場には興味なかったが、事件にはそれなりに関心を持っていた。

報道番組からの情報は限られているが、被害者は全員、かなり無惨な状態で発見されたらしい。

こうした事件は一刻も早く犯人を逮捕しないと、被害が拡大する恐れがある。

警察が血眼になっているのも間違いない。なのに、犯人逮捕の報は未だ聞かれない。

「この星で人殺しなんて割が合わないはずなんだが、どうして未だに捕まらないのかな？」

「わたしも不思議です。こちらの犯罪捜査技術ならすぐに解決できそうなものですのに」

首を傾《かし》げながら二人が教室を出ると、意外な人が廊下で待っていた。

アネット・ヘッケル医師だった。

中学校の中に明らかな部外者がいても——それも妙齢の美人がいても、この人も教師の資格を持っている人だからか、それほど違和感はない。現に他の生徒は誰も彼女の存在に注目していない。

しかし、今日のヘッケルは何故か表情が固かった。

ぎこちなく話しかけてきた。

「こんにちは。シェラ」

「お久しぶりです」

シェラは礼儀正しく挨拶した。

実際、この人の顔を見るのは久しぶりだったのだ。

以前は週に何度かこの人の授業を受けていたが、最近は必要ないということで免除されたからである。

「ちょっといいかしら？　話があるのよ」

躊躇《ためら》いがちに言って、ちらりとリィを見る。

勘のいいリィはその視線の意味をすぐに察した。

「おれは席を外すよ」

「はい。では後で」

ヘッケルは校内の食堂にシェラを誘った。

下校時間になってもまだ大勢の生徒が残っていて、おしゃべりに興じている。職員の姿も見える。

ヘッケルはその人たちを避けるように、わざわざ食堂の一番端まで行って腰を下ろした。

その際、意図的に自分が壁際の椅子に座った。

何だか穏やかではない雰囲気だと思いながらも、シェラは素直に腰を下ろした。

ヘッケルは、食堂を背にして座ったシェラの顔をじっと見つめながら切り出した。

「中学生は報道など見ないと思ったけど、ここでもあの連続殺人事件のことは話題になっているようね。生徒たちが話しているのを耳にしたわ」

「それはそうですよ。寮でもこの話で持ちきりです。ご家族からもずいぶん連絡が来るようですから」

子どもをこの惑星に預けている家族が心配して、『大丈夫か、気をつけろよ』と言ってくるわけだ。

「このアイクラインやアルサチアンでそんなことを言われるのですから、東岸の学校に通う生徒さんはもっと大変だと思いますよ」

「ログ・セール西海岸も同じよ。現に子どもを一時帰宅させたいという相談もいくつか来ているわ」

「親心とはありがたいものですね」

十三歳の美少年がしみじみ頷《うなず》いて言うには何とも不似合いな台詞《せりふ》だったが、今のヘッケルにそこまで気を使う余裕はなかった。

「あなた、あの事件を聞いて――どう思った？」

「どうとは？」

美しい紫の瞳を瞬《またた》かせて、シェラは不思議そうに相手を見つめ返した。意味がわからなかったのだ。

ヘッケルはシェラの背後の食堂に視線を走らせ、誰も自分たちの会話を聞き取れないことを確認して、さらに声をひそめた。

「彼がやったのだとは思わなかった？」

シェラは驚いた。

この『彼』が誰を指しているかは明らかである。

だが、シェラは今まで一度たりともそんなことは考えなかった。

夢にも思わなかったと言っていい。

呆気《あっけ》にとられて相手を見つめたが、女医の表情は厳しく引き締まり、どう見ても真剣そのものだ。

本気で言っているらしいと察したシェラは慎重に問い返した。

「何か根拠があっておっしゃっているんですか？」

「彼ならあんな犯行も可能だわ。そうじゃない？」

「もちろんです。簡単にできるでしょうが、それとこれとは話が別です。あの男が実際にやったという確証があるんですか？」

「ないわ。何も。ただ……」

ヘッケル医師は声を低めた。

「エクサス寮の記録を見てみると、彼はこのところ、頻繁《ひんぱん》に夜間に外出しているのよ」

「ですけど、先生。それだけでは……」

「それだけじゃない。彼が医学を学んでいることは知ってるわね。その担当教授に会って話を聞いたの。つい先日、セム大の医学専攻科では一年生が揃《そろ》って初めての解剖実習を行ったそうよ。もちろん、その中に彼もいた」

ヘッケルは辺りを気にしながらますます声を抑え、シェラの眼をじっと見つめながら硬い顔で言った。

「――その際、彼は担当教授にこう尋ねたそうよ。生きている人間はいつ解剖できるのかって」

シェラは何とも言えない顔になった。

いかにもあの男の言いそうな台詞だった。

しかし、それだけでは根拠としてはいかにも弱い。

「その前に伺《うかが》いますが、どうして先生があの事件を調べているんです？」

「あなたには話さないといけないでしょうね。ただ、誰にも言わないと約束してくれるかしら？」

「はい。リィ以外の誰にも言いません」

「そのヴィッキーにも話して欲しくないと言ったら」

「それはお約束できません」

間髪を入れずにシェラは言った。

ヘッケルもわかっていたらしい。苦笑しただけで、それ以上の追及はしなかった。

警察の依頼で捜査に協力していることを打ち明け、そうした関係で、世間には公表を控えている遺体の詳しい状況を知っているのだと話した。

それを見てすぐにあの男を連想したヘッケルは、まず、あの男の通う高校へ行って話を聞いたという。

「意外にも学校での彼には友人が多いそうよ。ただ、親しいと言われた生徒に話を聞いてみると、学校の外で彼と会ったり遊んだりすることは滅多にないと言っていたわ」

そこで寮の外出記録を調べ、今度は大学まで話を聞きに行ったのだ。

人間《ひと》の解剖実習は医学生なら臨床を専攻する者もそうでないものも誰もが経験する実習の一つである。

あの男もセム大学の医学部に――正確に言うなら医学専攻科に通っている。

しかし、実際の身分は高校生だ。間借りのような状態にあるわけだが、成績はトップクラスだと言う。

ヘッケルはもちろん、これが連続殺人事件絡みの捜査だなどとは言わなかった。

最近の学生の能力と傾向について伺いたいのだと口実を設けて面会を申し込んだ。

セム大のクスコー教授は五十年配の大柄な男性で、突然尋ねてきたヘッケルにも快く応対してくれた。

「今年の学生は豊作でね。十代で医専一年まで来た生徒が大勢いる。一番若い生徒はまだ十四歳だよ」

医学専攻の一年は一般大学の三年生に相当する。

順当に進学してくれば普通は二十歳のはずだが、連邦大学惑星は飛び級制度を採用している。

成績が優秀ならどんどん進級できるし、大学入学資格試験に至っては受験年齢の制限はない。十代で専行課程までくる生徒も決して珍しくないのだ。

ヘッケルは相づちを打ちながら耳を傾けていたが、さりげなく本題に入った。

「そうした飛び級生の他にも今年は珍しく受講生という形で通う高校生がいると伺いましたが？」

「ミスタ・ファロットのことだね。彼ならわたしが受け持っている」

教授は笑って頷いた。

「一風変わってはいるが、彼も非常に優秀な学生だ。特に人体に対する興味と理解は並はずれている」

それはそうだろうと思い、背筋が冷たくなるのを感じながらも、ヘッケルは曖昧《あいまい》に笑って問いかけた。

「教授は何故、彼を変わっていると？」

「ふむ」

これは意外な質問だったようで、クスコー教授は瞬きして首を傾げた。

「具体的にどこがと言われると困るがね。たとえば、彼は未だにチェーサー校に在籍している。さっさと必要な単位を取って正式にうちに入学してしまえばいいものを、どういうわけか急ごうとしないんだ」

「才能はあっても勉学に意欲的ではない？」

「いや、そんなはずはないね。現にこの間も……」

そこで教授は苦笑した。何やら複雑な笑いだった。

「つい先日のことだ。医専一年は初めて解剖実習を行ったんだが、彼の手際はそれは見事なものだった。よほど入念に下調べをして、模擬研修《シミュレーション》を積んだのだろうが、実に堂に入ったものだった。人体に刃物を入れるのが初めてとはとても思えなかったね」

実際、初めてなどであろうはずがない。

ヘッケルはそれをよく知っていた。

しかし、口にはせず、無言で話の先を促《うなが》した。

今年のセム大学の医学専攻一年生は八十人。四人一組で二十の班をつくり、一班で一体を担当した。

「彼はまるで熟練した講師のようだった。不慣れな他の生徒に的確な指示を出していた。それも決して、ああしろこうしろとは言わない。むしろ遠慮がちに『それでよかったっけ？』とか『そこはこっちから切ったほうが早いんじゃないか？』とか言っていた。結果的に他の学生たちは彼の指示通りに作業を進め、彼の所属した班は二十班の中で、もっとも効率的な実習を行えたわけだ」

その手際に感心したクスコー教授は実習後、彼を呼び止めて声を掛けた。実習の感想を求めるためだ。

すると、件《くだん》の台詞が飛び出してきたという。

「これはこれでおもしろいですけど、生きてるのはいつ解剖できるんです？」

明るい笑顔でそんなことを言われたのだ。

クスコー教授は咄嗟《とっさ》に相手が何を言っているのか理解できなかった。耳を疑いながら問い返した。

「生きてるのだって？」

「そうですよ。人の身体の造りを詳しく調べるなら、実際に生きてる奴をばらすのが一番でしょう」

まったく悪びれない口調だった。

才走った学生には指導者に無理難題をふっかけて困らせてやろうと考える者が時々いるが、それとは違う。その時の彼の表情は探求心に輝いていて、むしろ無邪気にすら見えたという。

従って逆に教授のほうがいささか表情を引き締め、身体を強ばらせるはめになってしまった。

長く教壇に立ち、後進の指導に当たっていると、色々な学生に出くわすものだ。

医療という仕事に限界を感じて鬱《うつ》状態に陥る学生、研究熱心が高じて怪《あや》しげな実験を行おうとする学生、様々だったが、ここまであっけらかんと人体実験をやりましょうと言った生徒は初めてだ。

「きみが言っているのは、まさかと思うが、生きた人間を解剖したいという意味か？」

「もちろんですって」

「ミスタ・ファロット。忠告するが、それはとても危険な考えだぞ」

「俺だって何も善良な一般市民をとは言いませんよ。もうじき死ぬってことが確実にわかっている奴なら——たとえば死刑囚なんかならどうですか？」

「いいかね、きみは医療を学ぶ者だ。無論、きみはまだ専科生で、実際に医師への道を進むかどうかは今後の選択次第だが、わたしとしてはできればその道を選んで欲しいと思っている」

二年間の医療専攻科を終えただけでは医師免許はもらえない。そのためにはさらに医学大学院へ進み、必要な単位を取得しなければならない。

「わたしは現実にその医師であり、きみたち若者を指導する立場でもある。指導者として断言するが、我々は人の命や人生に多少なりとも関与することはあるかもしれない。だが、人を裁く立場にはない」

それでも不思議そうな表情を浮かべている相手に、教授は諄々《じゅんじゅん》と言い諭した。

死刑の確定した囚人であっても、実際にその刑が執行されるまでは法によって人権が保護されている。

自分たちの手でその「命を奪う」ことはできない。それは医療ではなく司法の領分になるからだ。

厳しい口調で言われて彼はやっと納得したらしい。

「そうか……やっちゃいけないことになってるんだ。それなら仕方ないですかね」

「そもそも、そうしたことをやってもいいと考える、それ自体が非常にけしからん発想だ。きみの人格を疑われたくなかったら二度と言わないことだ」

「はい。すみません。知らなかったもんで」

相手は照れくさそうに言って頭を掻《か》いたという。

クスコー教授はこの話をヘッケルに披露《ひろう》しながら困ったように苦笑していた。

「こうして聞くと物騒な思想の持ち主のようだが、彼に悪気はなかったんだ。それは明らかだ。本気で生体解剖をしようと言ったわけではないよ」

それこそとんでもない話だった。

彼は間違いなく本気で言ったのだ。

しかも彼にはそれができる。できるだけの意志も技術も精神力も持っている。

ヘッケルは丁重に礼を言ってクスコー教授の下を辞し、その足でシェラに会いに来たのだという。

視線だけで意見を求められたシェラは息を吐いて、硬い表情のヘッケルに眼を当てた。

「あなたは実際に犠牲者の死体を見たのですか？」

「ええ、写真と映像だけど——ひどい有様だったわ。普通の神経ではあそこまで徹底的に切り刻むことは難しいでしょうね」

淡々と話しているヘッケルだったが、その遺体の状況は彼女に大きな衝撃を与えたらしい。

思い出すだけで茶色の瞳に暗い影が落ちるのだ。

「この犯人は被害者に怨恨《えんこん》があったわけではない。それどころか面識もない。そう思われる節があるの。つまり殺害する相手は誰でもよかったのよ。よほど強い怨恨があるならともかく、見ず知らずの相手にここまで容赦なく非道なことができるのは、犯人がよほどその作業に執着しているか、そうでなければ——慣れているかだわ」

「ミス・ヘッケル。あなたの気持ちはわかりますが、その懸念《けねん》は的はずれですよ。あの事件は違います。あの男ではありません」

あえて『先生』とは言わず名前で呼んだ。

その無礼を咎《とが》めることもなく、ヘッケルは真顔で訊き返してきた。

「どうしてそう言いきれるの？」

シェラは沈黙した。何故と言われても困るのだが、とにかく違うのだ。

理屈ではない。ほとんど反射的にそう思った。

そしてそれがただの推測ではなく、事実なのだとシェラにはわかっていたのである。

だが、シェラには論ずるまでもないその常識が、ヘッケルにはわからない。

「そんなに——彼を信用しているの？」

「とんでもない」

思いきり顔をしかめてシェラは言った。それこそ冗談ではなかった。

あの男と信用——これほどかけ離れた言葉もない。それでも、あの連続殺人事件は違うのだ。断じてあの男の仕業ではない。

しかし、それをヘッケルに納得させるのは至難の業だった。

ヘッケルは既にあの男の手際を見ている。顔色一つ変えずに警官を立て続けに斬って倒した、並はずれた手際とその時の態度を見ているのだ。

だからこそ、遺体の状況を見るなりあの男に結びつけたのだろう。

「これは極秘だけど、警察は未だに犯人につながる手がかりを何一つ見つけられないでいるの。現場の傍《そば》には街の様子を見る監視装置がある。自動機械による夜間の巡回も行われている。それなのに犯人の姿はどこにも記録されていないのよ」

「そこがまず変です。あの男が犯人なら監視装置にその姿が映っているはずでしょう」

いくらあの男が殺人の天才でも、そうした装置をごまかすことはできない。

だが、ヘッケルはそれも考慮に入れていたらしい。少しもたじろがず、シェラを見つめながら言った。

「ヴィッキーの指輪を使ったのだとしたら？」

今度こそ呆気にとられたシェラだった。

茫然《ぼうぜん》とした眼をヘッケルに向け、ようやく言った。

「……本気でおっしゃっているんですか？」

「わたしは可能性を指摘しているだけよ。それなら現場には何の足跡も残さずにすむわ」

「あり得ません。そんなことは絶対にです」

「あなたはきっとそう言うだろうと思ったわ」

「わたしがリィに傾倒しているからですか？」

シェラの唇《くちびる》に微笑が浮かんだが、そんな場合ではないことに気づいて真顔に戻り、姿勢を正した。

「失礼ですが、あなたの話には仮定が多すぎます。どうしてリィがあの男の犯罪に協力するんです？　そもそもあの男が犯人だとしたら動機は何です？」

「殺すこと自体が動機であり、最終的な目的なのよ。こういう異常殺人はほとんどがそうだわ」

「あなたは大変な勘違いをしておられる」

シェラの顔には再び微笑が浮かんでいた。

「あの男にとって殺人は――人を殺すという行為は純然たる仕事だったんです。趣味にはなり得ません。ましてや娯楽になど、決してなりません」

「一概《いちがい》に断言することはできないわ。戦場で過酷な任務に就いていた特殊部隊の兵士が精神を冒されて、日常生活に戻った後も平和に適応できずに、市民に凶刃を振るった例は実際にあるのよ」

シェラは不思議そうな顔になった。

「職場と非職場を混同したということですか？」

「まあ……そういうふうに言うかもしれないわね」

「おかしな話ですね。本格的な訓練を受けたはずの兵士たちがどうしてそんな混同を起こすんでしょう。まさにそれを防ぐための訓練でしょうに」

「どんなに訓練しても、意思の力を鍛《きた》えたとしても、人の心には計り知れない脆《もろ》い部分があるものなのよ。戦場に出た彼らは、それまで経験し得なかった――想像すらできなかった異常なまでに強い刺激に連日晒《さら》され続けることになった。戦場から離れて平和な生活に戻っても、今度は急激にたたき込まれたその刺激から解放されない。心では悲鳴を上げていても、戦場の刺激を求め続けることになるんだわ」

シェラはくすりと笑った。

「それは、それこそあなたの専門である心を病んだ結果でしょう。よくも悪くもあの男の心はそんなにやわではありません」

「だからこそ、彼もこの平和な世界に飽き飽きして刺激を求めたのだとしたら？」

「ミス・ヘッケル。ですからそのご意見が、刺激を求めて犯行を繰り返すという発想自体が間違いだと申し上げているんです」

　中学校の食堂で話すにはとことんふさわしくない会話が続いているが、二人とも真剣だった。

「わたしは心理学は専門外ですが、刺激を求めると言うからには、彼らはそれによってある種の興奮を覚えるのだと解釈してもよろしいでしょうか？」

「そうね。時に嫌悪すら伴うほどの――とても暗い、負《マイナス》の興奮だわ」

「そこまで強烈に囚《とら》われてしまうのは、この世界の人たちが、殺人という行為に対して多大なる禁忌を感じているからではありませんか？」

　犯してはならないことだからこそやってみたい。最大の禁忌とたたき込まれていることだからこそ、抗しがたい誘惑と呪縛を感じて逃《のが》れられなくなる。

　まさにその通りだったから、ヘッケルは瞬きして問い返した。

「彼は違う？」

「はい、違います。あの男にとって殺人は禁忌ではありません。当然、刺激にもなり得ません」

「だったらなおさらよ。彼には殺人を思いとどまる自制がないということなのだから。簡単に人を手に掛ける恐れは充分にあるわ」

「あの男にとっては仕事だったと申し上げました。仕方がないから、義務だから、やりたくもないのにいやいやながらこなすようでは仕事とは言えません。一流の職人は――その中でも名人といわれるほどの者になれば自分の技術に対して誇りを持つものです。習い覚えた技倆《ぎりょう》を所かまわず、のべつまくなしにひけらかすようではそれだけで職人失格です」

　きっぱりとシェラは言った。

「仕事ならやりがいと達成感がなくてはなりません。わたしはあの男は好きではありません。信用もしていません。それでも、あの男が自分の仕事に自信と誇りを持っていることは間違いありません。従って、それを貶《おとし》めることもないと断言できます」

　そこまで口にして、シェラはあの事件とあの男を結びつけなかった理由に気がついた。思わず頷いた。

「そうです、あんなやり方は、あの男の職業意識に真っ向から反するはずなんです」

　ヘッケルは何とも奇妙な具合に顔を引きつらせてシェラを見つめていた。

　目の前に座っている少年は銀細工のように美しく、男の子に使う言葉ではないだろうが可憐《かれん》ですらある。

　現にこの食堂でも何人かが振り返って、シェラの後ろ姿に――その眩《まぶ》しい銀色の髪に見惚《みほ》れている。

　ところが、虫も殺さないように見えるこの少年はあの血も涙もない非情な犯行を――連続殺人事件を職業意識で片づけようとしているのだ。

「あなたにはわからないの？　人が人を殺すことは許されない、犯してはならない重大な罪なのよ」

「この世界ではそうだということはわかっています。ですから、わたしも今はそれに従う身です。恐らくあの男もです」

「いいえ、信じられないわ。あなたも見たでしょう。彼は――あの時はヴィッキーの身体の中にいたけど、容赦なく人を傷つけた」

「でも、誰も殺さなかった」

「………」

「あの男にしては信じられないことです。わたしは逆にあれを見て、あの男もこの世界に順応しようとしているのだと判断しました。信用はできませんが、その気持ちには変わりありません」

　ヘッケルとシェラはしばらくじっと見つめ合った。

　女医の茶色の眼は厳しい光を湛《たた》えている。

少年の心の底までを探ろうとしているのに対して、シェラのほうはまったく気負っていなかった。

何も隠すことはないのだから、お好きなところを見てくださいとでもいうように泰然と構えている。

先に視線を外したのはヘッケルのほうだった。

「あなたとはどうしても意見が合わないようね」

「最初からあの男を疑って掛かっているあなたと、そんなことはあり得ないと知っているわたしとでは平行線にしかなりませんよ」

シェラもちょっと微笑んだ。

「そもそもどうしてこの話をわたしに聞かせようと思ったのです？」

「あなたの反応を見るためよ」

「……？」

「さっきのあなたの顔を見てわかったわ。あなたは今まで一度も、あの連続殺人事件と彼とを連想して考えたことがなかったのね」

頷いたシェラだった。その理由は今、話した。

ヘッケルは真顔に戻って言う。

「それでも、この犯人はどうしても逮捕しなくてはならないわ。さもないと、これから何人も犠牲者が出る恐れがある。いいえ、あんなことをしでかした犯人が大手を振って歩いているというだけで大変な脅威になってしまうのよ。——遺体の状況はさっき話したわね？」

「はい」

ヘッケルは意を決したように身を乗り出した。

「あなたにお願いするのは本当は違法なのだけれど、もしよかったら、その記録を見てくれないかしら」

シェラはきょとんとした顔になった。

「わたしがですか？」

「ええ。ただ、どの遺体も本当にひどい状態だから……気が進まないようなら無理にとは言わないわ」

「わたしはかまいませんが、何のためにです？」

「あなたの感想が聞きたいのよ」

「つまり、あの男の仕業かどうか確認して欲しいと、そういうことですか？」

「ええ。申し訳ないけれど、今のあなたの説明では彼に対する疑惑を捨て去ることはとてもできないわ。あなたはわたしと違って、殺人が日常茶飯事《さはんじ》だった社会で暮らしていたのだから、そのあなたの意見は参考になると思うの」

「でしたら、見せる相手が違いますよ」

シェラは微笑して言った。

「わたしには見分けられませんが、その死体が真実あの男の手になるものかどうか、ヴァンツァーなら一目でわかるはずです」

ヘッケルは訝《いぶか》しげに瞬きして、先程と同じ台詞を繰り返した。

「どうしてそう言いきれるの？」

「ヴァンツァーは何度かあの男と組んだことがあるはずですから。その仕事ぶりも知っているはずです。一方、わたしにはそうした経験が一度もないんです——幸いなことに」

最後は小さな独り言だった。

そしてヘッケルが顔色を変えて聞き咎めたのは、その部分ではなかった。

「……組んだことがある？」

「はい」

平然とシェラは言った。

「あの男もヴァンツァーもファロット一族ですから。それはあちらでは、人の命を奪うことを生業とする者の名前でした」

「でも、まさか……」

喉《のど》に絡んだような声を発したヘッケルだった。

目の前に座っている天使のような美少年の名前はシェラ・ファロットという。

まさかあなたは違うでしょうと言いかけた女医に、シェラはにっこり微笑んで言った。

「そうです。わたしもかつてはその一人でした」

リィはベンチに腰を下ろしていた。

日中とはいえ、季節は既に冬である。下校途中の他の生徒は厚手の上着や外套《がいとう》で着ぶくれているのに、薄手のシャツを羽織っただけという軽装だった。

　確かにそのベンチは日当たりがよく、ぽかぽかと暖かそうだったが、風は肌を刺すほど冷たい。

　こんな格好でじっとしていたらすぐに冷え切ってしまうところなのに、あまり寒さを感じないのか、日だまりの猫のように眼を閉じている。

　ベンチは校門までの通路に設置されているので、そこを通りかかる生徒は誰もがはっと立ち止まって、その姿に見入ることになった。

　見ているだけで寒そうだからではない。この人の特徴とも言うべき金色の髪が陽光を受けてきらきら光り輝き、眩《まばゆ》いことこの上ないからだ。

　さすがにあからさまに見るのは気が引けるのか、どの生徒もちらちら横目で見ながら通り過ぎている。

　リィが眼を開けるのと同時に、シェラが小走りにやってきた。

「すみません。遅くなりました」

「いいさ。行こうか」

「実は、厄介《やっかい》な頼まれごとをされまして……」

　並んで校門へ向かいながらシェラがかいつまんで事情を説明すると、リィも驚いた顔になった。

「あれがレティーの仕業だって？」

　そんな馬鹿なという感想を如実に表した声であり、表情だった。

　その顔がおかしくもあり予想通りでもあったので、シェラは思わず微笑んだ。

「あなたもそう思いますか？」

「もちろん。どう考えてもあり得ないだろう？」

「ところが、ミス・ヘッケルにはどうしてもそれが飲み込めないようなんです」

　小さな吐息を洩《も》らしたシェラだった。

「遺体はかなり残酷に切り刻まれていたそうです。普通の神経ではこんなことは到底できないとミス・ヘッケルは言うんです。それであの男に違いないと思ったようなんですが……」

「そりゃあ、レティーならできるのは確かだろうが、あの事件は違うだろう」

「わたしもそう思いますが、リィ。どう違うのかと訊かれたら、適切な説明ができますか？」

「うーん……」

　歩きながら唸ったリィだった。

　報道ではそれほど詳しいことは言わなかったが、『遺体は別の場所で殺害されて公園に放置されたと見られ……』と話していた。

「これだけでも違うってわかるんだけどなあ……。どうしてそんな目立つ真似をしなきゃならないんだ。二度と見つからないように死体を隠すことくらい、レティーならお手の物だろうに」

「はい。確かにあの男は生まれつきの異常性格者で、正真正銘の殺人鬼でもあります。人を殺すことなど何とも思っていません。婦人や子どもを手に掛けることも厭《いと》わないでしょうし、どんな残酷な真似でも平気でやります。人間を生きたまま解剖することも躊躇わずにやると、わたしは確信しています」

　リィは苦笑して言った。

「おまえがレティーを嫌ってるのはわかってるから、そこまで入念に並べ立てるなよ」

「事実は事実です。ですから、仕事で必要とあれば、一瞬も迷わずやるでしょうが……」

「言い換えれば、仕事でもないのに、そんな無駄はやらないだろうな」

「はい。ですがミス・ヘッケルはあの男が楽しみのためにやったと思っているようでした」

「彼女にとって人殺しは人殺しでしかない。それは断じて許されない、人間として最大の禁忌なんだと言うわけか」

「まさにそのとおりのことをおっしゃいました」

「間違っちゃいないな。こっちの世界では」

「はい」

　シェラは遺体状況を見て欲しいと持ちかけられて、

代わりにヴァンツァーを推したことも話した。

「その際、わたしも立ち会ってくれと言われました。わたしが言い出したことだからと……」

「やれやれ、ご苦労なことだ」

「他人事《ひとごと》のように言っている場合ではありませんよ。あなたも疑われているんですから」

「おれが？」

濃い緑の瞳が驚いて振り返る。

まったく予想外のことを言われた顔だった。

「何で、おれが？」

「それのせいですよ」

シェラが指さしたのは、リィの胸元で光っている金鎖に通した銀の指輪だった。

これはリィの隠された能力を解放する鍵でもある。

これを使えば、手を使わずにものを動かすことも、遠く離れた場所に一瞬で移動することも可能になる。

ヘッケルはその力が使われたと思っているのだとシェラが話すと、リィはそれこそ眼をまん丸にした。

「おれも共犯者扱いなのか？」

「そのようですね」

「そりゃあ、困ったな……」

「あの男はどうでもいいのですが、あなたの汚名は晴らさなくてはなりません」

「おれの不在証明《アリバイ》でも提出するか。だけど、正確な犯行時刻はわかってるのか？」

「いいえ。それで警察も頭を痛めているようです。ただ……」

「どうした？」

「ミス・ヘッケルは詳しいことは伏せていましたが、犯人は何か医療に携わる人間だと思われる節があるようでした」

「それで、レティーか」

「はい」

「あまりに短絡的すぎないか？　いったいこの星に何万人の医学生や医療関係者がいると思ってる」

「その中で一番ああいうことに手を染めそうなのが

あの男だとミス・ヘッケルは判断したんでしょう。

——その判断は責められませんよ。実際、いかにもやりそうなんですから」

「どっちの味方だ、おまえ？」

「わたしはあの男の味方など断じてご免被ります」

　この時ばかりはいつも優しい紫の瞳に、意図的に険《けわ》しさと殺気を籠《こ》めたシェラだった。

　緑の瞳におもしろそうに見られているのに気づき、その険《けん》を引っ込めて、渋々ながらつけ加える。

「ですが、だからといって嘘《うそ》は言えません」

「そうだよな」

　リィは真顔で頷いた。

　この場合それを言ったら明らかな嘘だ。

「いっそレティー本人に訊いてみればいいのにな。おまえがあれをやったのかって」

　ミス・ヘッケルが聞いたら血相を変えるだろうと思いながらシェラも頷いた。

「実のところ、わたしもその意見に賛成です」

# 3

ヴァンツァー・ファロットはプライツィヒ高校に通う高校生である。

しかし、山ほど選択科目を取っているため、他の生徒に比べて桁《けた》違いに多忙な高校生だ。

ヘッケルが会いたいと希望を告げた時も、最初は忙しいと一蹴《いっしゅう》されたのである。

そこを食い下がると、三日後の放課後なら少しは時間が取れると言ってきた。

ヘッケルは実に行動力のある女性だった。

何と、連邦大学惑星に入港したばかりのダンまで巻き込んで当日の検分に望んだのである。

というのも、シェラの言うようにヴァンツァーも人を殺した経験があるのだとすれば、間に柵も檻もない場所で会うのは無防備すぎると判断したのだ。

そのシェラに対しても、人を殺したことがあると言われて身構えたのは確かだった。だが、一瞬でも怯《ひる》んだ自分をヘッケルはすぐに恥じた。

シェラは模範的な中学生になりきっているのだし、優しい顔の殺人者なら何人も見てきたのである。

部外者のダンを巻き込むことに抵抗がなかったと言ったら嘘《うそ》になるが、背に腹は代えられない。今の段階では警察に協力を求めることはできないのだ。

ダンにとっても息子の通う学校の傍《そば》で起きている無差別連続殺人事件は他人事ではない。

喜んで協力すると言ってきた。

そして当日、何故かリィまで一緒についてきた。

ヴァンツァーはプライツィヒ校内の広い図書室で彼らを待つ間も熱心に勉強していたが、この異様な一団を見て、最初は露骨にいやな顔をした。

なまじ元の容貌《ようぼう》がすばらしく整っているだけに、こんな表情をするとたいていの人間が恐れを成すが、そんなことにはびくともしないリィが一人進み出て、にっこり笑った。

「そんなふうに眉間《みけん》にしわを寄せるなよ。黒すけ。せっかくの美形が台無しだぞ」

「わざわざお揃《そろ》いで何の用だ？」

ぶっきらぼうに言われたリィは不思議そうな顔でヘッケルを振り返った。

「話していないのか？」

「ええ、そう簡単に話せることではないでしょう。ここでは言えないわ。場所を移しましょう。どこか邪魔の入らないところで……」

しかし、リィはそんな悠長なことはしなかった。

周囲に人がいないことを確かめて、訪問の理由をあっさりと告げたのである。

聞いたヴァンツァーは先日のリィとまったく同じ反応を示した。

不機嫌そうな表情はきれいに消え失せて、ひどく驚いた顔になった。

「レティーのやったことだと。あれが？」

「そうなんだ。笑えるだろう」

「そんな寝言を聞くために俺は貴重な時間を犠牲にされたのか？」

「ところが、ミス・ヘッケルは寝言だと思ってない。この分だとダンも思ってないんじゃないかな？」

そう、大人二人は明らかに警戒し、緊張していた。

しかし、二人とも大人であるだけに、いつ生徒がやってくるかわからない図書室でそれ以上のことを問い質そうとはしなかった。

ヴァンツァーも立ち上がった。

一時間の予定で部屋を予約しておいたと言って、一同を促《うなが》した。

プライツィヒ校には生徒が使える会議室がある。

生徒同士で討論する必要がある場合、図書室では他の生徒の邪魔になるからだ。

鍵は掛からないが、使用中の表示を出しておけば他の生徒はまず無断では入ってこない。

中は広く、壁際には折りたたみ式の椅子もあって、二十人くらいは一度に机について座れそうだった。

ヘッケルが遠慮がちにリィに言った。

「悪いけど、あなたは席を外してくれるかしら？」

「おれも容疑者の一人だからか？」

「ええ。そう思ってくれても結構よ」

本当はそれだけではない。

これから見せようとしている記録は普通の少年の神経では到底、正視に耐えないものだからだ。

その気遣いが恐ろしく的はずれなものであるとは、彼女は知る由もない。

リィも逆らわなかった。

シェラに向かって笑いかけた。

「じゃあ、図書室で待ってるな」

「王妃」

部屋を出て行こうとしたリィを、ヴァンツァーが呼び止めた。

戸口のところで足を止めたリィにわざわざ近寄り、その耳元で何か小声で囁《ささや》いた。

リィはちょっと眼を見張ったが、笑顔で頷《うなず》いた。

「わかった。——けどな、おまえもいい加減、その王妃はよせよ。今のおれは男なんだからな」

そう言い残してリィは部屋を出て行った。

室内に残ったヘッケルとダンが並んで腰を下ろし、その向かいにヴァンツァーとシェラが並んで座る。

全員が着席すると、ヴァンツァーは机の上で軽く手を組んで、ヘッケルに言った。

「では、寝言の続きを聞こうか」

「ヴァンツァー。ふざけるのはよしなさい。これは真面目な話なのよ」

「俺もこの上なく真面目だ。そもそも、あの事件と奴とを結びつけた理由は何だ？」

「——これよ」

論より証拠とばかり、ヘッケルはその記録写真を取りだして、慎重な手つきで机に並べたのである。

一度に複数の眼で見られるように印刷してきたが、

どうしても部屋の扉が気になった。

　鍵の掛からない場所でこんなものを広げることは実のところ、大いに抵抗があったのだ。

　万が一にも他の生徒に見られたら一大事である。

　今から一時間、他の生徒は誰もこの部屋に入ってこないことを信じて祈るしかなかった。

「これが第一の被害者、これが第二、そしてこれが第三の被害者よ」

　写真は何枚もあった。

　遺体の全体を写したもの、頭部、手足などの部分、その切断面に焦点《しょうてん》を当てたもの、拡大したもの、様々な角度から撮られた写真が一人の被害者につき十枚以上——合計三十枚もの写真が高校の会議室の机に並べられたのである。

　大きな判なので机の上にあればいやでも眼に入る。

　ダンもちらりと見たが、すぐに顔をしかめて眼を背けた。

　とてもまともに見る気はしなかった。

　ダンとて、若い頃から荒っぽい辺境宇宙で生きてきた人間である。時には自分でも銃を取って戦い、何人も倒してきた。

　今さら死体の一つや二つでは驚かない。

　そのダンにして、広げられたその写真には激しい嫌悪を覚えた。

　かろうじて人の形を残してはいても、それは既に『人間だった』とも言えないものだった。

　こんなことをしでかした何者かがこの惑星にいる——間違いなく存在している。

　しかも、息子《ジェームス》の通う学校の近くを何食わぬ顔で歩いているかもしれないのだ。

「確かに、尋常な神経とは思えませんな……」

「はい」

「こういうことは先生のご専門のはずだが、犯人は何が目的でこれほど徹底的に切り刻んだんです？」

「恐らく、これといった理由はないのだと思います。物取りでも怨恨《えんこん》でもない。何か犯人にとって不利なことを知られたから口を封じたというわけでもない。殺害それ自体が目的であるというのが現在もっとも有力な見解です。ただ、詳しいことは言えませんが、この犯人はかなり詳しい医学的知識を持ち、しかも人体を効果的に傷つける手段を知っています」

話しながらヘッケルはヴァンツァーの顔をじっと見つめていた。その反応を見逃すまいとしたのだ。しかし、大の男でも怯む惨劇の記録を前にしても、ヴァンツァーは一見したところ平然としていた。

むしろ、その妍麗《けんれい》な顔に浮かんでいるのは何やら呆《あき》れたような表情だったのである。

隣に眼を向ければ、何故かシェラも困ったような顔をしている。

写真を眺《なが》めていたヴァンツァーはふと顔を上げてヘッケルに問いかけた。

「音楽は好きか？」

あまりに意外なことを意外な局面で言われたので、ヘッケルは咄嗟《とっさ》に反応できなかった。耳を疑ったが、年上の面目と臨床心理学の専門家の誇りに掛けて、訊き返すような愚は犯せない。笑って頷いた。

「ええ。好きよ。よく聴くわ」

「一口に音楽と言っても幅があるが、どんな分野だ。エステルハイジやブーリンはわかるか」

ヘッケルは眼を見張り、次に笑顔になった。

「驚いた。あなたの口からそんな名前を聞くなんて思わなかったわ。エステルハイジが好きなの？」

「ああ。勉強の合間によく聴いている」

「ブーリンも？」

「どちらかというとブーリンのほうが性《しょう》に合うが、あれは息抜きには向かないな」

「そうね。ブーリンはじっくり聴く楽曲が多いから。演奏会にも行くのかしら？」

「いや、さすがにその暇はないが、ならば話が早い。当然タントとチェンバースを知っているな」

「もちろんよ。知らないわけがないわ」

シェラにはさっぱり意味のわからない会話である。

首を傾《かし》げていると、ダンが説明してくれた。

「エステルハイジもブーリンも昔の作曲家の名前だ。五百年くらい前かな。古典音楽の名曲を残している。タントとチェンバースはその古典音楽を得意とする鍵盤楽器の演奏家だよ。型《タイプ》はまったく違うがね」

「型《タイプ》とおっしゃいますと？」

「古典音楽は解釈が命だ。何しろ楽譜は五百年前に書かれていて変更はいっさい加えられない。そこで一流と言われる演奏家は皆、自分なりの解釈を曲に乗せて個性を表現するんだ。そうすることによって同じ楽曲でも演奏する人次第で大きな変化が生じる。中でもあの二人の演奏は片や情熱、片や謹厳実直、片や絢爛《けんらん》豪華、片や木訥《ぼくとつ》、そのくらい違っている。比較する際にはおもしろい題材かもしれないな」

「その人たちも故人ですか？」

「いやいや、とんでもない。二人とも健在だ。今の古典音楽演奏家の最高峰に位置する人たちだよ」

ヘッケルがまた笑顔になった。

「船長がそれほど古典音楽界の事情にお詳しいとは意外でした」

「なに。一般常識として知っているだけですよ」

嘘ではない。子どもの頃は情操教育だと言って、まだ若手だったチェンバース本人の演奏会に連れて行かれたりもしたので名前くらいは覚えている。

シェラが呆れた口調でヴァンツァーに話しかけた。

「あれだけ課題を抱えているのに、よく音楽鑑賞の暇があるな」

「勉強は要領だ。時間はひねり出すものだ」

宿題に追われる生徒が聞いたら殺意を覚えそうな台詞《せりふ》である。

「おまえが聴いても、そのお二人の演奏はそんなに印象が違うのか？」

「違う。同じ曲を弾いているとは思えないほどにな。俺も最初ははっきりとはわからなかったが、すぐに気がつくようになった」

答えたヴァンツァーはヘッケルに向き直った。

「そこで問題だ。ここに古典音楽の演奏家がいる。その人にチェンバースが弾いたブーリンを聞かせて、これはタントの演奏だと嘘を言ったら、その本職は騙《だま》されると思うか？」

「まさか」

　ヘッケルはこの問いを一笑に付した。

「あの二人の演奏スタイルは極端なくらい違うのよ。本職の耳が聴き分けられないはずがない。一曲聴く必要もないわ。八小節も聴けば充分よ」

「しかし、古典を知らない人間は区別がつかないと、同じ曲なのだから同じに聞こえると言うだろうな」

「言うかもしれないわね」

　つられて頷いたヘッケルは相手が言いたいことに気がついた。みるみる顔が強ばった。

　ヴァンツァーは犠牲者の写真を一枚取り上げると、顔をしかめて机に放り投げた。

「おまえが言っているのはそういうことだ。いいや、もっと悪い。これをレティーの仕業だとすることは鍵盤に触ったばかりの小学生がつっかえながら弾くブーリンをタントの演奏だと言うにも等しい無茶だ。馬鹿馬鹿しくて話にならん」

　ヘッケルは視線を険しくして姿勢を正した。

「ヴァンツァー。はぐらかすのはやめてほしいわね。わたしは殺人事件の捜査のためにここにいるのよ。芸術論を話すために来たわけじゃないわ」

「いいえ、先生。お言葉ですが、わたしもこの男と同じ意見です」

　シェラが控えめに口を挟んだ。

「先にこれを見せてもらえばよかった。そうすれば違うとはっきり申し上げられましたのに……」

「そういうことだ」

　ファロットの名を持つ少年たちは二人で納得してしまっているが、それでは引き下がれない。

　ヘッケルはますます表情を引き締めて言った。

「いいわ。あなたが本職で、専門家だと言うのなら、この質問に答えてもらいましょうか。あなたは——

今まで何人殺してきたの？」

ヴァンツァーは首を傾げた。

答えを考えているからではない。予想外のことを訊かれて戸惑ったような表情だった。

事実、彼はゆっくりと言ったのである。

「それは、わざわざ数えることなのか？」

ヘッケルは相手に気づかれないようにそっと息を吐いた。

思っていた以上に、この少年は殺人という行為に慣れているらしい。感覚が麻痺《まひ》しているのだ。

「この世界では数えるのが普通なのかもしれないが、俺は数えたことはない。そんな余裕はなかった」

その横でシェラも小さく頷いていた。

シェラ自身、数えたことはない。

そんな悠長なことはしていられなかった。

襲いかかってくる者を斬る、そして生き延びる。

それだけで精一杯だった。

戦場では。

二人が見てきた世界をヘッケルは知らない。

だが、相手の人生を摑《つか》み、性格を把握することはまさに彼女の本業である。

ヘッケルは今までの医師としての経験を生かして、この少年の心を分析しようと試みていた。

結果、遠回しに話を持っていくことは逆効果だと判断して、ずばりと訊いた。

「あなたは人を殺す時、何を思っていたの？」

ヴァンツァーは再び首を傾げた。

「意味が理解できないが、何か思うものなのか？」

「では、それをすることは――楽しかった？」

「楽しいと思ったことはない。それが務めだった。だからやっていた」

「罪の意識は持っていたということかしら？」

「そんなものを感じていては務めは果たせない」

「良心の呵責《かしゃく》も？　後悔も？　いけないことをしているという自覚が本当にまったくなかったの？」

「もちろん、すべきでないことだとはわかっていた。

向こうの社会でも殺害は犯罪だったのだから」

問題はその先だった。

社会が禁じていると知っていても、それだけでは意味がない。

彼自身の心が禁じていなければ、真の抑止力にはならないのだ。

「あなたは、今も……人を殺したいと思う？」

「誰かを殺したいと思ったことは一度もない」

「では、それなら、二度と殺したくはない？」

ヴァンツァーは不思議そうな眼でヘッケルを見た。

「何故、そのどちらかでなくてはならないんだ？　おまえの話を聞いていると、俺は今も血を見たくてうずうずしているか、犯した罪の重さに身震いして二度と殺害はしないと誓っているか、どちらかしかないらしいが、ずいぶん極端な話だぞ」

「ヴァンツァー。質問に答えなさい。どうなの？」

「どちらでもない」

「…………」

「俺にとってそれは悪ではない。無論、善でもない。単なる作業の一環に過ぎない」

ここでダンが慎重に口を挟んだ。

「しかし、それはおかしい。きみはそれを仕事だと言ったはずだ」

「いかにも、言った」

ダンは両手を組み、この美貌の少年が殺人者だということを務めて意識の隅に追いやろうとしながら冷静に話した。

「わたしは船乗りを仕事にしている。それも、こと辺境宙域にかけては誰にも引けを取らない船乗りだ。決して楽な仕事ではない。危険を伴うことも多いが、きみの仕事はどうなんだ。それは誰にでもこなせる単なる作業だったのか？」

ヴァンツァーの眼が意外そうにダンに向けられて、初めてゆっくりと微笑した。

女の子たちがぼうっと見惚《みほ》れそうな笑顔だった。

「達成感を感じていたかという意味ならその通りだ。

否定はしない」

「そこを訊きたい。わたしなら達成感のある仕事は楽しいと表現するが、きみは違うのか？」

微笑したまま首を振ったヴァンツァーだった。

「この女は人を殺すことが楽しいかと訊いたからな。その質問には違うと答えるしかない。俺の楽しみは——楽しみと言えるなら、別のところにあった」

「どんなところに？」

「いかにして殺すかを考え、実行するところに」

ダンもヘッケルも何とも言えない顔で沈黙した。どこが違うのだ？　と、二人の顔に書いてあるが、シェラは無言で頷いた。

シェラにとっても実際に人にとどめを刺すことと、そこまでの手順を組むことは全然別のことだったが、その違いはダンにはわからない。

眉をひそめて、あらためて話しかけた。

「わたしは今の自分の仕事に生きがいを感じている。仮に、もっと高額の収入を保証するからと言われて、船乗り以外の仕事を勧められてもはねつけるだろう。わたしは一生、船乗りとして生き、できることなら船乗りとして死にたいと思う。自分の仕事に誇りを持つとはそういうことだとも思っている」

「立派な信念だな。その信念には俺も賛成だ」

「では、きみ自身はどうなんだ。そう簡単に自分の仕事を忘れたり放棄したりできるのか？」

「今の俺には学問を修めるという務めがある」

さらりと言ったヴァンツァーだった。

「これも仕事と思えば同じことだ。前の務め以上にやりがいもある」

あいにく、ヘッケルやダンにとってはとても同じこととは思えないのである。

ヘッケルは逸《そ》れた論点を元に戻そうとして気力を奮い起こした。

「いいわ、ヴァンツァー。あなたの言うように彼がタントやチェンバースのような達人だとしましょう。だけど、その彼らもいつも全力で弾くわけじゃない。

余興で弾いたりすることもあるのよ。今度のことはそれには該当しないの？」

「手慰《てなぐさ》みにやったと？」

「ええ」

「それはどうかな。あれはもともと面倒くさがりの性分だ。まして今は一人だからな」

ヴァンツァーは手慰みという言葉を使った。

つまり、余興とも言えないということだ。

新たな突破口を探そうとして懸命《けんめい》に頭を働かせるヘッケルを見つめて、ヴァンツァーは言った。

「おまえには、本当に見分けがつかないらしい」

「何のことを言っているのかしら？」

さりげなく尋ねたヘッケルだが、ヴァンツァーは薄く微笑して、またも予想外のことを言い出した。

「こちらに来てから知った娯楽の一つに映画がある。その製作秘話におもしろい話があった。古代の戦争——中でも騎馬戦を撮影した時の逸話だ」

騎馬戦を撮影するからには馬が欠かせない。

しかし、中央では馬の群を確保することも難しい。

そこで製作関係者は、今も騎馬民族が暮らす辺境宙域の惑星に役者ごと機材を持ち込み、騎馬民族の全面的な協力の元、撮影を開始した。

地元の騎馬民族の馬術はさすがにたいしたもので、事前に付け焼き刃の訓練を受けただけの役者陣など太刀打ちできない見事な手綱さばきを披露《ひろう》したが、予想外の問題が発生した。

「演出上、派手に落馬してくれと注文をつけられて、騎馬民族はひどく面食らったというんだ。歩く前に乗馬を覚える彼らにとって、いわば馬は自分の足だ。その足から上体だけ離して宙を泳いで落ちるなんて、彼らにはどうすればいいのかわからなかったのさ」

「………」

「中央の人間にはそれが逆にわからない。どうしてただ馬から落ちることができないのか、首を捻《ひね》って不思議がった。結局、落馬の専門家を呼んで指導を受けた結果、彼らは何とか馬から落ちられるようになったというんだ。――おもしろい話だろう」

「ヴァンツァー。そんな思わせぶりな話ばかりではわからないわ。はっきり言ってくれないかしら」

ヴァンツァーは机に広がった写真を再び手に取り、ヘッケルに眼を向けた。

「おまえはこの写真から何を見て取った？」

「そう――第一に、犯行には鋭利な刃物が使われていること、被害者は全員、致命傷を加えられる前に殺さないことを目的とする傷をつけられていること、特に……」

「違う。この刃物を振るった人間がどんな人間かと考えたことはあるのかと聞いているんだ」

「もちろんよ。だからこそ、こうしてあなたに話を聞きに来ているのよ。こんなことをするに至るには、必ず加害者の心のどこかに要因にあるはずだわ」

「……どこまでも噛《か》み合わないな」

ヴァンツァーが小さな苛立《いらだ》ちの息を吐いた時だ。

いきなり部屋の扉が開いてリィが入って来た。

「連れてきたぞ」

続いて入って来たのは、先からの話題の中心人物、レティシア・ファロットである。

猫のようにくっきりと線を描く飴色《あめいろ》の眼が室内の顔ぶれを見て、不思議そうに瞬いた。

「何だあ、この面子《めんつ》？」

ヘッケルが顔色を変えて腰を浮かせかけた。

ダンも同様だった。反射的に上着に潜ませた銃に手を掛けるところだったが、シェラは呆れたような顔つきで隣の少年を見た。

「これが一番手っ取り早い」

ヴァンツァーは平然と答えると、きょとんとしているレティシアに向かって机の上の写真を見るよう、身振りで示したのである。

チェーサー校に通うレティシアは色白の顔立ちで、金茶の髪にはあまり櫛《くし》を入れないのか、ふわふわと毛先が跳ねている。高校生の男子にしては小柄《こがら》で、痩《や》せていて、一見したところ華奢《きゃしゃ》にすら見えるが、その身体は実に均整が取れている。

　いつも楽な服装を好むので、今日も洗いざらしのズボンにゆったりしたセーターという格好だった。

　まさにどこにでもいそうな少年の一人で、とてもこの連続殺人事件の重要容疑者には見えないのだが、人は見た目ではわからない。

　大の男が眼を背けるほど凄惨《せいさん》な写真を前にしてもレティシアは顔色一つ変えなかった。

　それどころか、笑って言った。

「こりゃまた派手にやったもんだ。何だ、これ？」

「最近噂《うわさ》になっているだろう。サンデナンの東とログ・セールの西岸で起きた殺人事件の被害者だ」

「ああ、あれか？　ひでえもんだな。だけど死体の様子は公表されてないんじゃなかったっけ」

「この女が警察から借りてきたそうだ」

「ふうん……」

　気のない返事だった。

　写真の内容に衝撃は受けないにせよ、それ以上の関心もないらしい。

　身体を強ばらせ、浅く喘《あえ》ぐような呼吸をしているヘッケルの代わりにヴァンツァーが訊いた。

「どう思う？」

　レティシアは不思議そうな眼で同僚を見た。

「どうって？」

「この女は、おまえがやったと思っているらしい」

「俺が⁉」

　これが芝居なら大した役者である。

　ヘッケルが密かにそう思ったほど、レティシアは大きな眼をまん丸にして、絶句していた。

　我に返って慌てて写真に眼を落とし、真剣な眼でじっくりと眺め回す。再び顔を上げて、こわごわと問いかける口調で言った。

「……これを？」

　ヴァンツァーは無言で頷いた。

　こちらは何やら笑いを噛み殺しているような妙な顔つきだった。

レティシアは逆に茫然《ぼうぜん》と立ちつくしている。

そんな疑惑が掛けられていることが信じられない——到底受け入れられないというようにだ。

「……嘘だろう？」

「ところが、驚いたことに本気らしい。だから今も、おまえを警戒している」

再び写真に眼をやり、ほとんど頭を抱えて呻《うめ》いたレティシアだった。

「勘弁しろよ。これってひょっとして名誉毀損《きそん》って言うんじゃねえか？」

ヴァンツァーがまた真顔で頷いた。

「言うだろうな」

それはいささか無理がある。レティシアに殺人の前歴がある以上、それも職業としていた経歴がある以上、さほど的はずれな指摘とは言えないはずだが、大人二人がそれを言う前に、レティシアは思いきり顔をしかめて叫んでいた。

「どうやったらこんなに下手《へた》くそに斬れるんだよ！やれって言われたって絶対無理だぜ！」

ダンが唖然《あぜん》とした。

ヘッケルもぽかんとした顔になった。

『下手くそ』という言葉を二人の頭が理解する前に、レティシアはさらに憤然《ふんぜん》と言葉を続けたのである。

「どう見たってど素人《しろうと》のやり口じゃねえか！ 俺が、これを？ 冗談じゃないぜ。断固として抗議するね。素人の仕業にみせかけようとしてやったにしてもだ、限度ってものがある。どうやったらここまで下手に斬れるのか、こっちのほうが訊きたいくらいだ」

レティシアの横から写真を覗《のぞ》いたリィが言った。

「そんなに下手か、これ？」

「あんたらしくもない。わかんねえのかよ。見ろよ、この斬り口。一目瞭然《りょうぜん》だろうが」

リィは苦笑して肩をすくめ、大人たちがぎょっとするようなことを言った。

「斬り方にはあまり興味がないからな。要は確実に倒せればそれでいいんだ」

レティシアが呆れたような顔になる。

「あんた、そういうところおおざっぱだよなあ……。あれだけ上手に殺《や》っといてさ」

「おれが斬った死体なんか見たことあったか？」

「いっぱい転がってたじゃねえか。戦場に」

「——どこの戦場だ？」

「俺があんたを毒矢で射た時だよ」

「ああ、あれか」

リィはあっさり頷いた。

そうはいかなかったのがシェラだった。銀の髪がざわっと逆立ち、紫の瞳に激しい火花が散った。

その手が机の下でおもむろに握り拳をつくったが、口は開かずに黙っていた。

「確かにあの時はかなり斬ったと思うけど、それをいちいち見て回ったのか？」

「念のためにな。だから、あんたの斬ったものなら一目でわかるぜ。忘れようにも忘れられないすごい斬り口だったからな」

それこそ的はずれな賛美を響かせる口調で言って、写真に眼を落とし、今度は呆れ果てたように言う。

「比べてこっちは無様なもんだ。どいつもこいつも人間を斬るのは生まれて初めての奴ばっかりじゃん。なんでそれが俺のやったことになるわけ？」

ヘッケルが顔色を変えた。

「何と言ったの、今？」

レティシアは苛立たしげに繰り返した。

「だから、なんでこれが俺の仕業になるのかって」

「その前よ！　どいつもこいつもですって？」

「そうだよ」

見りゃあわかるだろうとレティシアは続けたが、ヴァンツァーも確認するように問いかけた。

「違うか？　俺には皆、同じ手《て》に見えたが……」

「そう見えるのも無理ねえよ。どれもど下手くその初心者なのは間違いないんだ。——おまえ、素人の手はあんまり見たことねえんだろう」

「確かに」

納得して頷いたヴァンツァーに対し、ヘッケルは信じられない表情で叫んでいた。

「まさか、複数犯だって言うの!」

「当たり前だろ。斬った奴がみんな違うんだから」

「いいえ、そんなはずはないわ。使用された凶器は同一のものなのよ!」

レティシアはぽかんと眼を見張り、奇妙な動物を見るような眼でヘッケルを見た。

「すげえこと言うなあ……。使った刃物が一緒なら斬った奴も一緒かよ?」

ヴァンツァーも深いため息を吐いている。

「なるほど。そのすばらしい理屈で言えば、使った楽器が同じなら、小学生が弾いてもチェンバースが弾いてもエステルハイジはエステルハイジだな」

「ヴァンツァー。そのたとえはよしなさい。彼らは音楽の専門家であって、犯罪者じゃないのよ」

「俺たちも専門家だ」

「殺しのな」

何の凄《すご》みも感じられない、威圧するわけでもない、単なる事実を伝える口調だった。

それが逆に不気味で、何とも言えず恐ろしくて、ヘッケルは専門家らしくもなく声を失った。

リィがヘッケルをなだめるように笑いかけた。

「そんなに警戒しなくていい。彼らは本職だからな。節操のない人殺しとはわけが違うよ」

「……参考までに、どこが違うのか、わかるように話してもらえるかしら」

「その男に訊いてみればいい」

リィの視線が向いていたのはダンだった。

突然話を振られて問いかける表情になったダンに、リィはあらためて話しかけた。

「おまえ、今、懐に銃を持ってるな」

「ああ」

「飾りじゃない。使うために持っているわけだろう。実際に使って人を殺したこともあるはずだ」

ダンは否定しなかった。

そうしなければ自分の命がなかったからとは言え、人を撃ち殺した事実には違いないからだ。

「つまりおまえも立派な人殺しだ。宇宙のどこかで誰かを殺してきたのなら、町中で銃をぶっ放すのも同じことじゃないのか？」

これにはさすがに黙っていられず、ダンは真顔で反論したのである。

「ヴィッキー。わたしは見境のない殺人者と一緒にされるのは心外だ。何より非常に不愉快《ふゆかい》だ。確かに必要とあれば銃の使用は躊躇《ためら》わないが、一般市民に武器を向けることなど想像もできんよ」

「おれだってそうさ。彼らもだ」

「しかし、ヴァンツァーはそれを仕事だと言ったぞ。彼は人を殺して報酬を得ていたということだろう」

レティシアが小さく呟《つぶや》いた。

「別に金目当てでやってたわけじゃあないけどな」

ヘッケルが鋭い眼でレティシアを見やった。

では楽しみのためかと言いたそうな顔だったが、リィはそれにはかまわずに話を続けた。

「おまえは一般市民にぶっ放したりしないと言う。そんなことは想像もできないと。同じことさ。倒す相手とそうでない相手を咄嗟に分けて区別するんだ。そのくらい無意識にできないようじゃあ、本職とは言えない」

ダンは顔をしかめた。

船乗りである自分はやむを得ない緊急措置として銃を抜くことと、無辜《むこ》の一般市民を攻撃することはまったく別であると厳密に区別している。

だが、殺害を仕事にしていた者に果たしてそんな自制が働くものなのか。

ダンの言いたいことを察したのか、リィは真顔で話を続けた。

「確かに彼らにとって、それは仕事だった。ただし、仕事ならその依頼主がどこかにいなきゃならない。――ミス・ヘッケルはレティーが犯人だと言うけど、どうしてそれがわからないのかな？　こんなことはレティーにはできないんだ。もちろん、レティーは人を殺すだけの技術は持っている。その経験もある。だからこれをやろうと思えば簡単にできる。ただし、仕事でもないのに、こんなことをやる動機がない。この男が一般市民に武器を向けないのと同じだよ」

「ヴィッキー。同じことを何度も言わせないでくれ。わたしは船乗りであって、間違っても職業犯罪者と一緒にされたくはない」

「そりゃあ暗殺者っていうのはあんまり褒《ほ》められた仕事じゃないだろうけど……」

「あまりどころではない。断じて褒められないし、認めることもできない仕事だぞ」

ダンはきっぱりと断言した。

この時ばかりは金の天使も苦笑して肩をすくめた。さすがに反論できなかったのである。

ヴァンツァーが淡々と言った。

「褒められない仕事だという意見には俺も賛成だが、専門家には違いない。だからこそ言えるが、これはあまりにも手が違いすぎる」

「………」

「タントやチェンバースがどんなに下手な初心者を装って弾いたとしても、決定的に音が違う。楽器に馴染んだ彼らの手はもはや素人特有の音を出そうとしても出せないはずだ。わざと落馬しろと言われた騎馬民族がどうしてもできないのと同じことだ」

リィとレティシアが首を傾げる。

シェラが手短に先程のヴァンツァーのたとえ話を説明すると、リィは大いに納得したように頷いた。

「いいこと言うなあ、黒すけ。ほんと、その通りだ。素人が熟練者のふりをするのは無理だけど、玄人《くろうと》が素人の真似をするのも限度があるよな。それ以前に当代一流の名人技と素人の悪ふざけとを一緒にするわけにはいかない。まさか人を斬った斬り口にまで、そんな差があるとは思わなかったけど」

「あるって」

「大ありだ」

レティシアとヴァンツァーが真顔で肯定した。

だが、ダンにはそんな違いはわからない。

そもそも、二人の少年は斬り口と言うが、写真を見る限り、どこにそんなものがあるかもわからない。

ところどころ骨まで剝《む》き出しになった赤黒い肉の塊《かたまり》にしか見えないのに、それをやった人の個性がそこには刻まれていると、残された特徴を読み取ることができるのだと彼らは言う。

そんな馬鹿なと思う反面、これが宇宙船に関することだったら——とダンは自問してみた。

たとえばダンの母親は他の誰にも真似のできない見事な腕前で戦闘機を操る。

あれこそは一度見たら眼に焼きついて離れない、正真正銘の名人技というものだった。

あの航跡を、他の誰かのそれと見間違えることは決してあり得ないと自信を持って言える。

リィはさらに突っ込んだ疑問をぶつけていた。

「具体的にどこがどう下手なんだ?」

レティシアは困ったように苦笑した。

「口じゃあ説明できねえよ。こればっかりは経験だ。見分けるためには数をこなすしかない」

すべての鑑定に共通する真理である。

だが、その鑑定眼を養うためにどのくらいの数の死体を見極めなくてはならないのか。

想像するだけで戦慄《せんりつ》を覚えるような話だ。

リィも困ったように苦笑して言った。

「これだけを見る限り、おれには違いがわからない。おまえの斬った死体なら上手な斬り口なんだろうが、まさか比べるわけにもいかないしな」

「あんたがやってもいいって言うんなら、それこそ立派な見本をこしらえてやるけどよ」

「やめとけ。ミス・ヘッケルが卒倒するぞ」

ヴァンツァーがそのヘッケルを見て言った。

「おまえは、何人殺したかと俺に訊いたな。数こそ覚えていないが、それが素人の手なのか玄人の手か、玄人の手なら知り合いの手なのか、知らない相手か、それが見分けられるくらいには殺してきた」

「………」

レティーは俺以上に殺してきている。この犯行がレティーには不可能だというのはそういう意味だ。ここまで不格好な傷をつけることは俺にもできない。この銀色にもだ」

　レティシアもヴァンツァーのたとえ話を引用した。

「俺は鍵盤楽器は聴かないけど、人が使う道具には個性が出るんだ。特にその道具を使った完成品には明らかな特徴が出る。それが楽器でも、裁縫用具の針や編み棒でも、大工道具でも、人を斬る刃物でも同じことさ。違う人間が斬った傷には違う跡が残る。だからわかる。この三体は別の手で斬られているし、その全員が生きた人間を斬るのはこれが初めてだ」

　断言して、哀れむような笑みを浮かべた。

「内心、相当びびってたんだと思うぜ。だからこそ、麻酔で眠らせなきゃやれなかったんだろうよ」

　ヘッケルが飛び上がった。

　唇をわななかせ、震える声で問いかけた。

「……どうして知ってるの？」

「何が？」

「犠牲者が――全員麻酔をかけられていたことをよ。それはどこにも公表していないはずだわ。わたしも話していないのよ。どうして知っているの？」

「あのなあ、先生」

　レティシアは写真の数ヶ所を示しながら、小さな子どもに言い聞かせるような調子で言ったのである。

「それこそ、見りゃあわかるだろう。死体の情報がこんなにくっきり残ってるんだから」

　リィが首を傾げて言う。

「見てもわからないんで解説してくれるか？」

「あいよ。人間って奴はな、斬られたら、どんなに拘束されていても必ず暴れる。苦しがって抵抗する。これほどおっかなびっくり刃物を使っている連中に、その抵抗を予測したり防いだりできると思うか？　絶対できないね」

「………」

「ゆっくり斬っているところを猛烈に暴れられたらどうなると思う。斬り口が乱れるんだよ。ところが、この傷にはそれがない。刃物の使い方自体は至ってお粗末なもんなのにだ。よたよたしながらも何とか狙い通りのところを斬ってる。となれば、眠らせてやったとしか考えられないだろう?」

ヴァンツァーも軽蔑《けいべつ》の表情を露《あら》わにして言った。

「おまえは監察医の資格を持っていると言ったが、それでよく仕事になるものだ。いったいどこに眼をつけている?」

ヘッケルはそんな非難は聞いていなかった。

激しく頭を振って否定した。

「あり得ないわ。凶器が同一なのは間違いないのよ。別々の犯人がまったく同じ凶器を使って同じような犯行を起こすなんて……」

「だからさ、この連中がぐるだってことだろ?」

ヘッケルもその可能性には気づいていた。

ただし、認めたくなかったのだ。茫然と呟いた。

「いいえ、そんなはずはないわ。こんな——こんな異常性格者が限られた地域に三人だなんて……」

「別に三人とは決まってないだろ。もっと多いかもしれないぜ」

ぎょっとしたヘッケルだった。

「何ですって?」

「今のところはっきりしてるのは最低三人の集団で、全員がど素人で、ただし麻酔を使うことを知ってる。しかもこの死体は殺されてずいぶん経ってから放り出されたわけだから、一定期間死体を保管しておく倉庫か何かを持ってることになる。——たちの悪い連中だぜ」

レティシアは顔をしかめた。

「味を占めなきゃいいけどな。殺しを覚えた素人はやたらめったら殺《や》りたがる傾向があるからな」

ヴァンツァーがさらに恐ろしいことを言った。

「一人ではできないことでも集団ならやってのける

傾向もある」

「こんなのは早いところ捕まえてもらいたいもんだ。物騒でいけねえよ」

「まったくだ」

自分たちは物騒ではないとでも言いたげな二人の会話だった。

衝撃を受けて放心しているヘッケルに代わって、ダンが冷静にその事実を指摘した。

「この犯人を野放しにできんという点は、わたしもまったく同意見だ。しかし、きみたちが同じことをする恐れは本当にないのか？」

レティシアは疲れたように笑ってみせた。

「こんなど素人と一緒にされるのはそれこそ心外で、不愉快極まりないんだがね」

ヴァンツァーも冷静な顔で言った。

「この女は、やたらと犯人の心の問題を指摘したが、俺たちの心にそんな問題は存在しない。それは殺人行為に本質的な抵抗を感じている世界の人間にしか当てはまらない法則だ」

「そうそう、で、こいつらはまさにその抵抗を乗り越えちまったんだ。いわば道を踏み外したって奴だ。厄介《やっかい》だぜ、こういうのは」

ダンはそれでも引き下がらなかった。冷静に反論した。

「それでは自己弁護にならない。殺人行為に抵抗を感じていない、その行為を自らに禁じてはいないと、きみたちは堂々と公言しているんだぞ。この犯人と同じことをやらない保証はどこにもない」

ダンの言い分はもっともなものだった。

少なくともヘッケルを始めとする常識人は、口を揃えて同じことを言うはずだった。

この疑惑に対して暗殺者として生きてきたという少年たちは、間違っても『自分たちを信じてくれ』などとは言わなかった。

大真面目に頷いた。

「おまえの懸念《けねん》はわかる。俺たちのいたところではもっとも手軽に、もっとも安価に、そしてもっとも大量に使える資源が人間だった。だからいくらでも殺してきた。誰の手かを見分けられるくらいにな」

ヴァンツァーの口調は淡々として、少しも荒《すさ》んだところがない。それが逆に不気味だったが、美貌の少年はうっすらと微笑して話を続けた。

「しかし、ここでは同じことはできない」

レティシアも肩をすくめた。

「死刑囚でも殺しちゃだめだって言うんだもんな。理解に苦しむけどよ。それがこっちのやり方だっていうんなら、ま、仕方がねえわな」

「王妃も言ったが、俺もレティーも金ずくでやっていたわけではない。その仕事を発注する相手も既にいない。そもそもこんな馬鹿げた真似をして人目を引くのは本意ではない」

「それどころか『めざせ一般市民』が目標なんだぜ。今のところ」

さばさばした口調で言い、レティシアはまた苦い眼で写真を見た。

「こんなにお行儀よくしてるってのに、こいつらのせいでこんな見当違いの疑いを掛けられるんじゃあ、まったくもっていい迷惑だ」

「そうだな。迷惑な話だ」

リィが真面目な顔で頷き、レティシアに言った。

「この中の誰かが味を占めてもう一度やったとして、その死体が出てきたら見分けられるか？」

「状態にもよるけど、多分わかると思うぜ」

「じゃあ、その死体がこの三人の中の誰かじゃなく四人目の手によるものだとしたら？」

「確実にわかるね」

静かな口調だった。

当然と言わんばかりの口調でもあった。

「あんたが斬った跡を見て覚えたように、俺はもうこいつらの手を覚えたからな。別の手でつくられた死体なら一目でわかるよ」

そうして困ったような眼をヘッケルに向けた。

「本当はな、それを見分けるのが監察医の仕事だと俺は思ってたんだが、そんなお粗末な眼しか持ってないんじゃなあ……」

　リィが首を振った。

「いや、ミス・ヘッケルを責められない。ここでは刃物で斬られた死体なんかそうそう出ないはずだ」

「そりゃまあ、俺はそればっかり見てきたけどさ」

「きっとこっちの鑑識は見るところが違うんだろう。もっと細かい部分に注目してるんじゃないか」

「わかるぜ。遺体に付着しているごく微量の繊維の正体を分析するとか、自然死に見えた遺体の本当の死因を爪の切り屑から突き止めるとか……」

「それだな。そういう科学技術に力を入れているし、そっち方面ならすごく発達しているんだと思う」

　ヴァンツァーが厳しい顔で後を続けた。

「言い換えれば、こちらの監察医は斬り口の個性を見分けられるようには決してならない。眼を鍛える修練方法がないのだから。どんなに経験《キャリア》を積んでも、その部分では素人のままだ」

「やれやれ、困ったもんだねえ……。こういう場合、お気の毒にって言えばいいのかね？」

　よりによって『元暗殺者』に『鑑定能力不足』を指摘され、同情までされたヘッケルは大いに誇りを傷つけられた顔をしていた。

　リィが写真を眺めながら言う。

「もう一つ気になるんだ。麻酔をかけて、これだけばらばらにするのって結構大変なんじゃないか？」

「ああ。俺でも五分十分じゃこなせる自信がない。かなりの長丁場になるぜ」

「じゃあ、おまえの言うところのこのど下手くその素人さんたちなら、どのくらいかかる？」

「さあて、半日か――一日仕事か。ただ、これだけ派手にばらせば派手に血も流れる。普通の部屋じゃまずできない。やったとしても後始末に一苦労だ」

「専用の仕事場を用意した可能性は大いにあるな」

　そう言って、ヴァンツァーは顔をしかめた。

「不可解なのはその点だ。初めての殺しでそこまで用意周到に、しかも入念に斬り刻むことにいったい何の意味がある？」

「俺もまさにそれを言いたいよ」

意外にも、本職の彼らのほうが動機を巡って首を傾げているのである。

二人の疑問にはシェラが控えめに答えてやった。

「ミス・ヘッケルが言うには、それも目的の一つで、残酷に殺すこと自体に快楽を感じるんだそうだ」

二人は驚きの眼でシェラを見、さらに意外そうに写真に眼をやった。

「楽しいのか、これが？」

「わっかんねえなあ？」

訝《いぶか》しむレティシアに、リィが悪戯《いたずら》っぽく言った。

「わからないはずはないだろう？　おまえ、生きた人間を解剖したいって言ったそうじゃないか」

「そりゃあ、ちゃんとした実験設備があればの話だ。やっぱり生きてる状態で調べてみないとわからないことってのは多いからな。言い換えれば何の準備もないところでやったって時間の無駄だ。俺はそんな無駄はしねえよ」

実に説得力のある言い分だった。

少なくともリィはそう思った。

いいや、シェラもヴァンツァーもそう思った。

懐疑的な表情をしていたのは大人たち二人である。まだ納得できない様子だったが、ヴァンツァーが時計を見上げて席を立った。

「そろそろ、次の予約者がやってくる」

ヘッケルも急いで立ち上がった。

机の上に広がった写真を集めて鞄《かばん》にしまい込み、威儀を正して言った。

「レティシア。わたしはまだあなたに対する疑いを解いたわけじゃないのよ。申し訳ないけれど、当分、夜間の外出は控えてちょうだい」

「あんた、警察かい？」

「そう思ってくれて結構よ。それから、もし新たな犠牲者が出た時はあなたに見てもらうわ」

「容疑者に鑑定を頼むわけ？」

「そうよ。珍しいことではないわ。あなたが本当に殺人の専門家なら、あなたが適任ですもの」

餅《もち》は餅屋ということだろう。

会議室の扉を叩く音がして、次の時間を予約していたらしい高校生が顔を覗かせた。

身体の大きな男子生徒だったが、ヴァンツァーを見ると、気まずそうな顔で、遠慮がちに尋ねてきた。

「早かったか？」

「いいや、かまわない。今終わったところだ」

短いやり取りだったが、その雰囲気から察するに、ヴァンツァーは同級生から一目置かれているらしい。

もしくは単に敬遠されているのかもしれないが、同級生と話すヴァンツァーは、さっきまでさんざん物騒な話をしていたとはとても思えなかった。

どこから見ても――美しすぎるところさえ除けば、当たり前の高校生だ。

ヘッケルはあらためて釈然としない思いを抱いて、少年たちと別れたのである。

プライツィヒ高校を出た後、ヘッケルはここまでつきあってくれたダンに硬い表情で礼を述べたが、ダンも難しい顔で首を振った。

「わたしも息子をこの近くの学校に通わせています。他人事ではありません。レティシアの話が事実なら犯人は少なくとも三人の集団ということになる」

「……あの話、船長は本当だと思いますか？」

「わたしは自分の眼で見たことしか信じません」

この辺が良くも悪くもダン・マクスウェルという人間を表している。

「あの凄惨《せいさん》な写真を見ても、あの少年たちは顔色も変えなかった。あのくらいの年齢の少年には現実を現実と認識できずに、まるで絵空事のように感じる傾向が時々見られますが、彼らは違う。紛《まぎ》れもない現実だとわかっていながら平然としていた。それがわたしの確かめた事実です」

「ええ……」

「もっともレティシアは医学専攻科に通っているということですから、人間の死体や臓器など見慣れているのかもしれませんが……」

「いいえ、船長」

首を振ったヘッケルだった。

医者だから血まみれの惨殺《ざんさつ》死体や臓器が平気かと言えば、必ずしもそうとは言いきれないのだ。

「彼があれほど平然としていられるのは——本当に死体を見慣れているからか、もしくはあの被害者を殺害した本人だから、そのどちらかだと思います」

「しかし、先生。彼があの事件の犯人だとしたら、驚くふりくらいはするのではありませんか？」

「…………」

「あの少年は——少年たちはと言うべきでしょうが、決して馬鹿ではない。あの状況で平然としていたら、却《かえ》って怪《あや》しまれることくらいわかるはずです」

ヘッケルは深刻な表情で頷いた。

「その点が不安なんです。彼らはとても頭がいい。実は、快楽殺人者もそうなんです。かなりの確率で標準以上に高い知能を持つ者が存在するんです」

ダンは苦いため息を吐いた。

彼にはさっぱりわからない心理だったからだ。

この日から四日間、警察は必死に捜査を続けたが、進展はなかった。

そして五日目の夜。

ログ・セール西海岸にある町の裏通りで四人目の死体が発見された。

被害者は今回もまた住所不定、無職の中年男性で、町の福祉施設を点々とする生活だったという。

発見された遺体はひどく傷つけられており、その手口も凶器も今までの三件とまったく同じだった。

# 4

「別人だったぜ」

放課後、アイクラインに遊びに来たレティシアはホットドッグをぱくつきながら、さらりと言った。

他の生徒には何のことかわからなかっただろうが、リィとシェラにはその意味は明白だった。

二人とも軽食とお茶で腹ごしらえをしていたが、その手を止めて考え込んだ。

「となると、最低でも四人の集団？」

リィが呟《つぶや》き、シェラも厳しい表情で訊いた。

「死亡推定時刻は？」

「詳しいところは不明。やっぱりやられて二週間は経ってるだろうってさ」

つまり、四人の犠牲者は発見された日こそ違うが、だいたい同じ頃、まとめて殺されたことになる。

シェラが険しい顔で訊いた。

「それで今回も犯人らしい姿はどこにも記録されていないのか？」

同じ名前の少年たちを相手に話す時だけシェラの口調は至ってぞんざいになる。

「そうらしい。女医《あっち》も詳しいことは言わないけどな。死体発見現場を直接捉《とら》えた映像はなくても、そこへ行く道筋まではばっちり押さえられてるらしいんだ。ところが、死体みたいな大荷物を抱えて入っていく奴は一人もいないときてる」

「馬鹿な。透明人間でもあるまいに……」

「そうなんだよな。現実に昨日までなかったものがそこにあるわけだから、どっかから持って来なきゃならない。手足をばらばらにして持ち込んで現場で縫い合わせたって可能性もあるが、それにはかなり時間が掛かる。裏通りとは言え、町のど真ん中だぜ。俺でもそんな真似をする気にはなれないね。目立つことこの上なしだ」

「そこが不思議なんだが……」

リィが言って、首を傾《かし》げた。

「二週間、隠しておいたんだ。どうして今になってわざわざ目立つ場所に放り出したりするんだ？」

「文字通り、見せびらかしたいんだろうよ」

「死体を？」

「自分の仕事ぶりをさ。だから素人《しろうと》は始末が悪い」

サンデナンもログ・セールも連日この事件の話でもちきりである。

自分たちのやったことに人が注目して騒いでいる。

それが快感なのだろうとレティシアは言った。

「そこまでは警察もわかってるらしいが、その先となるとさっぱりだ。未だに俺を疑ってるよ」

「ミス・ヘッケルが？」

「いんや、警察がだ」

これは意外な言葉だった。

ヘッケルがレティシアを怪《あや》しんでいると言っても、それは彼女の個人的な言い分に過ぎない。

警察という組織を巻き込むにはそれなりの根拠が必要になる。

レティシア・ファロットは要注意人物であると、その動向に注意すべしという正当な根拠がだ。

しかし、レティシアが以前、殺人を行ったという前歴は決して暴けない。

そんな記録はどこを探しても残っていない。

それを知っているリィは首を傾げた。

「いったいどんな理由で、ただの高校生のおまえを容疑者として届け出たんだ？」

「やっぱりあの、生きてるのをばらしてみたいって言ったのがいけなかったらしいな」

従って、確たる容疑者というのではない。

ただ、好ましからざる思想の持ち主として当局に眼をつけられているらしいというのだ。

シェラが冷たく言った。

「馬鹿め。自業自得だ」

「それじゃあ、今も警察官が張りついてるのか？」

「いんや、警察もさすがにそこまで暇じゃねえよ。学校と寮にな、これは型どおりの調査なんだからとやんわりと持ちかけて協力を取りつけたらしい」

だから今は、レティシアがどんな授業を受けたか、いつ寮に戻ったか、いつどこへ出かけたのか、逐一警察当局に報告されているというのだ。

リィは顔をしかめた。

連邦大学惑星《ティラ・ボーン》の学校にはさほど厳しい校則はない。

小中学校では生徒の健全な身体育成を計るという理由から門限や就寝時間などが決められているが、基本的に自由に学び、遊ぶ権利が保障されている。

それが、授業後の行き先まで報告させるとなると、明らかな私生活自由《プライヴァシー》の侵害である。

「警察はそれでおまえを牽制《けんせい》したつもりなのか？」

「どうかな。俺としちゃあ、やってもいないことで疑われるのは不愉快《ふゆかい》なんでね。ちょいと窮屈《きゅうくつ》なのは確かだが、早いところ疑いが晴れてくれるといいと思ってるよ」

眼を光らせていたレティシアは急に表情を変えた。

リィを見つめて、にっこりと笑って言った。

「というわけで、ものは相談なんだけどさ。あんた、俺とデートしてくんない？」

あまりに意外な言葉にリィもさすがに絶句したが、シェラは到底黙っていられなかった。

握った拳がぶるぶる震えている。今なら林檎《りんご》でも一瞬で握りつぶすことができそうな勢いだった。

声すらも怒りに震わせて、唸るように言った。

「貴様……、その『というわけで』の内訳《うちわけ》を詳しく言ってみろ！」

「言わなきゃだめか。俺はずいぶんあんたに貸しがあるはずだぜ」

「そうだな。結構借りてるのは確かだ」

事実は事実として冷静に認めたリィだった。

「だけど、それとデートと何の関係があるんだ？」

レティシアは肩をすくめて面倒くさそうに言った。

「深い意味はねえよ。ただ、俺は人畜無害の普通の高校生なんだって、それで警察の皆さんに納得してもらおうと思ってさ」

シェラは露骨な侮蔑の眼で相手を見た。

リィも明らかに信用していない眼差しである。

レティシアは悪びれることなく、笑って言った。

「実をいうとさ、俺、この頃、ちょっと厄介《やっかい》なのにつきまとわれてるんだよね」

「つきまとわれてる？」

「学生らしく言うと交際を迫られてるってとこだな。それがもう熱心で熱心で、こっちには全然その気はないのに、いくらお断りしてもきかねえんだよ」

それなら大いにありそうな話だった。

レティシアは公平に見ても魅力的な少年である。当たり前の女生徒に、この男が持つ本当の顔など見抜けるはずもない。熱を上げてもおかしくはない。

その『求愛』にかなり疲れさせられているらしく、レティシアはげんなりした顔だった。

「思い込んだら一直線ってのはたちが悪いぜ。で、俺にはつきあってる相手がいるって見せてやれば、さすがにわかるんじゃないかと思ってさ」

確かに、交際を断る口実としては一番効果的だが、リィは疑問の口調で言った。

「だからって、なんでその相手がおれなんだ？」

「そりゃあ、俺の知ってる中であんたがとびきりの別嬪《べっぴん》だからさ――残念ながら男だけどな。そんなの言わなきゃわからない」

それも一理あるとリィは思った。

これまた残念ながら、どう控えめに見ても自分の容貌《ようぼう》は『男らしい』とは言えないものだからである。

十三歳という年齢を差し引いても、黙って座っていれば文句なしの美少女だと誰もが言うくらいだ。

レティシアが慎重な口調で言う。

「しつこいのを断るために女の子に代理を頼んだら、今度はその女の子に借りをつくることになっちまう。そういう意味でもあんたが適任なんだよ」

「だけど、それってどういうデートなんだ？」

レティシアには意味がわからなかったらしい。不思議そうに問い返してきた。

「どういうって？」

「こっちの身分は中学生なんだ。さすがに朝帰りはきついからさ」

シェラが眼を剝《む》いた。

レティシアはもっと眼を丸くした。

「あんたなあ……。そりゃあ飛躍しすぎだぜ」

「そうか？」

「いきなりそんな大人路線に突入してどうするよ。できるだけ大勢に見せつけるのが目的なんだから、飲み食いしながら街中をぶらつくとか、休みの日に生徒が集まる遊園地に行くとか、俺が考えてるのはそういうかわいいデートなの」

「休日の昼間か。だったら別に問題ないな」

レティシアは猫の眼をきらりと光らせて身を乗り出してきた。

「んじゃ、つきあってくれる？」

「いいだろう。断る理由はないし、まとめて借りも返せるしな」

「ありがてえ。恩に着るよ」

本当に嬉しそうに笑ったレティシアと対照的に、血相を変えたのがシェラだった。

「リィ！　本気ですか⁉」

「妬《や》くなって。お嬢ちゃん。当日はついてくるなよ。瘤《こぶ》つきじゃ雰囲気出ないからな」

どんな雰囲気を出すつもりだ！

ここが食堂でなければシェラは絶叫しただろうが、意思の力で何とか抑え込む。

そんなシェラの心境も知らぬげに、レティシアはさっさと待ち合わせの日取りを決めて言った。

「それとさ、一つだけ注文出してもいいかな」

「何だ？」

「スカート穿《は》いてくれとは言わねえから、なるべく女の子らしい可愛い格好で来てくんない？」

「そうか、デートだもんな」

「そうなんだよ。男二人って思われたらその時点で作戦失敗だぜ」

何の作戦だ！

シェラの心中《しんちゅう》はますます穏やかでなくなったが、リィは真顔で頷《うなず》いた。

「そうだな。その日限りは、おれはおまえの連れで、できたてほやほやの交際相手ってことだよな」

「おお。まさにそういう段取りでよろしく頼むわ」

大喜びでレティシアが言い、リィもシェラを見てさらりと言った。

「——頼むな」

これは当日の服装選びを頼むという意味だろうが、シェラはリィとの決して短くはないつきあいの中で、ほとんど初めて憤然《ふんぜん》と言い返していた。

「冗談ではありません！　ご免被ります！」

翌日の放課後。

リィは一人でサフノスク大学のルウを訪ねた。常にリィの側を離れようとしない銀の天使の姿が見えないことに、ルウも訝《いぶか》しげな顔をしていた。

リィがことの顛末《てんまつ》を話すと、ルウはさも楽しげに笑ったものだ。

「それで今日は一人なんだ？」

「怒らせるつもりはなかったんだけど……昨日から口もきいてくれないんだよ」

「徹底してるねえ」

黒い天使は眼を見張り、しみじみと言った。

「あの子、ほんとにレティシアがきらいなんだね」

リィも困ったように肩をすくめた。

シェラが自分を心配しているのはわかっている。何と言っても、レティシアとはかつて何度も命のやり取りをした間柄だ。

危うく殺されかけたことも一度や二度ではない。

それも当時の彼にとっては仕事だったのだからと、今となっては戦う理由がないからと言い含めようとしたのだが、シェラは硬い顔で反論した。

「あの男はあなたなら仕事抜きで殺しますよ」

　無力な相手の命をただ奪うことにはあの男は興を覚えないが、やりがいのある相手なら話は別だ。

　レティシアにとって、リィは生まれて初めて得た自分と互角に戦える相手なのである。

　それはつまり手強い獲物ということだ。

　仕留める過程を楽しめる相手ということなのだ。

「それを、二人きりで……デートだなんて、正気の沙汰《さた》とは思えません。日中《にっちゅう》の街中だろうと人目があろうと、あの男には関係ないんです」

　自分たちが『覚えさせられた』技術にはそういう秘技もあった。

　人混みの中ですれ違う一瞬に相手の首――脊髄《せきずい》に眼にも止まらぬ速さで極細の針を打ち込むのだ。

　熟練者の手に掛かれば、刺された人間は少しの間、自分が『殺された』ことにすら気づかない。

　そのまま立ち竦《すく》む。あるいはふらふらっと歩いて、ばたりと倒れる。その間に倒した側は何食わぬ顔でその場を離れるのだ。まず怪しまれることはない。

　シェラは唇を噛《か》み、半ば呪《のろ》うように、そして半ば呻《うめ》くように言ったものだ。

「狙う相手が手の届く距離にいさえすれば、それで充分なんです。あの男には」

「だろうな」

　言われるまでもない。レティシアの腕の冴《さ》えは、実際に戦ったリィのほうがよく知っている。

「それでも、おれはこうして生きてるだろう？」

　安心させるように言ったのだが、シェラは頑固《がんこ》に首を振った。

「会うなとも、二人きりになるなとも言いませんが、あの男は侮れません。あの男といる時はできるだけ距離を開けて近づかないようにしてください」

「無茶を言うなよ。デートなんだぞ。そういう時は普通以上に接近しているもんだろう？」

「リィ！　あなた本当にわかっているんですか⁉」

「怒るなよ。おれは借りを返そうと思ってるだけだ。いろいろと手を貸してもらったのは本当なんだから、返さないわけにはいかないだろう」

「でしたらわたしはもう知りません！」

臍《へそ》を曲げてしまったシェラに協力してもらえなくなったので、リィは相棒を頼ったのだ。

「スカートじゃなくて女の子らしい可愛い格好って、どんなのがいいのかな？」

借りを返す以上、相手をがっかりさせるわけにはいかないのである。

この金の天使はその辺は実に律儀《りちぎ》な性格だった。

ルウは相棒のそういう性格をよく知っているので、至って真面目に助言した。

「エディなら何着ても可愛いだろうけど、女の子に見せるなら、やっぱり女の子の服だろうね。赤とかピンクとか華やかな色ならなおいいと思うよ」

「見立ててくれるか？」

「いいよ」

と、この人は屈託がない。

二人は連れ立って買い物に出かけたが、町中でもこの組み合わせは注目の的だった。

大学生のルウだが、性別不詳という点ではリィに引けを取らない。

ほっそりと優しげな姿や、色白の整った顔立ち、つややかな長い黒髪など、男と見るには躊躇《ためら》われる部品の数々でこの人は構成されている。かといって単純に女性と言い切ってしまうのも抵抗がある。

ルウを初めて見た人はたいてい、どっちだろうと首を傾げることになる。

そして一緒にいるリィはと言えば光り輝くようなきれいな子どもだから、いやでも眼を引くのだ。

ルウは学生たちで賑わう繁華街に出ると、十代の少女が好んで集まる服飾店に堂々と入っていった。

当然、リィも続いたが、リィにとっては生まれて初めて入る場所である。

物珍しそうに店内を眺《なが》めていた。

一方、ルウは慣れた手つきで次から次へと品物を取り上げてリィに当ててみた。

「赤もいいけど、ピンクのほうが肌色が引き立つね。——どうしようか」

「何でもいいよ。可愛ければ」

面倒くさそうに言って、そこで思い直した。

「ただ、動きやすいのがいいな」

「張り合いがないねえ。それじゃあ無難なところでパンツは流行《はやり》のトレアドルにしてみよう。見た目は窮屈そうだけど生地が伸び縮みするから楽だよ」

それは膝丈《ひざたけ》より長く、足首よりは短い、脹《ふく》ら脛《はぎ》が半分ほど見えるパンツだった。

足全体にぴったり合うように仕立てられている。

「お尻の形が丸見えになるから、プロポーションに自信がないと着られないんだって。だから今は補正下着も大流行らしいけど、エディなら、そんなものいらないでしょ」

「いや、自分で自分の尻なんか見たことないから、いるかいらないかわからないけど……」

圧倒されたリィは口籠《ご》もりながら言って、訝しむ眼で相棒を見た。

「何でそんなこと知ってるんだ？」

「情報番組を見てれば、いやでも覚えるよ」

「そんなもの見るのか？」

「うん。結構おもしろいよ。——わあ、これ可愛い。こっちもいいなあ。とりあえずこれだけ試して」

華やかな少女の服をどっさり持たされて、リィは途方に暮れたような息を吐いた。

「ルーファ……」

「なに？」

「この頭からかぶる紐《ひも》付きの腹巻きみたいな……」

「キャミソール？」

「名前はどうでもいいけど、おれにはみんな同じに見えるんだけど……どこが違うんだ？」

「これは捺染《プリント》で、こっちはニット。こっちの二枚は色は同じだけど、縫い取りの模様が全然違うでしょ。

胸元にレースがついてるのは女の子らしい感じだし、これは肩紐と同じ飾り縫いを裾《すそ》にもあしらってある。それがアクセントになってるんだよ」

あいにく、どう眼を凝らしても色と形が一緒ならリィには同じ服にしか見えないのである。

致し方ない。これこそは自分にとって、もっとも専門外の分野だからと潔《いさぎよ》く諦《あきら》めて試着室に入った。

言われたとおりの組み合わせを着て外に出るのを何度も繰り返す。

リィは一度も自分の姿を鏡で見ようとしなかった。

新しい服を着るたびに相棒が楽しげに眼を見張る、その眼の色だけを見つめていた。

「やっぱりエディには明るい色がよく似合うねえ。みんな可愛いけど、どれにする?」

「何でもいい」

「あ、またそういう張り合いのない台詞《せりふ》を……」

「みんな動きやすかったから。本当に何でもいいよ。ルーファに可愛く見えればそれでいいんだ」

買い物中の女の子たちが服を物色するのも忘れて、呆気《あっけ》にとられた様子でこの二人を見やっていた。

あれこれ試着して服を選び、装身具まで揃《そろ》えると、黒と金の天使は喫茶店で一休みした。

ルウは甘いものを好む。

今日も生クリームをたっぷり落としたコーヒーに同じく生クリームを添えたチョコレートケーキと、リィなら胸焼けを起こしそうな組み合わせを頼んで、嬉々《きき》として口へ運んでいる。

リィは砂糖抜きのお茶に、ハムやチーズを挟んだホットサンドを二人前、ぺろりと平らげた。

服の脱ぎ着というものは結構、体力を使うのだ。

黒光りするチョコレートケーキを上品な手つきで切りわけながら、ルウは唐突に言った。

「ちょっと意外だった」

「何が?」

「女の子につきまとわれて困ってるってところが。彼ならそのくらい簡単にあしらえそうなのにね」

「……女の子とは言わなかったな」

「じゃあ、男の子？」

「いや、それはない。だったらこんな小細工をする必要はないよ。面と向かって蹴飛ばせばいいんだ」

「だよねえ。そうなると……」

ルウは少し考えて言った。

「うんと年上の人なのかな？」

「下手《へた》におつきあいすると、すぐ『結婚して』とか、そういう具体的な話になるのかもな」

「だけど、年頃の女の人がそれを言う時って、普通、既におつきあいがあることが前提なんだけどね」

リィは苦笑した。

見た目は高校生のレティシアだが、実際の年齢は二十代の半ばである。

この事件で外出が制限されるまで、頻繁《ひんぱん》に夜間に出歩いていたという。

どこかに馴染みの女性がいてもおかしくはないが、ここでリィは首を傾げた。

「それならそれで、あいつのことだ。後腐れのない女の人を選びそうなものなのに……」

チョコレートケーキの最後の一切れを食べ終えて、黒い天使はゆっくりと口を開いた。

「困ったな。何だか心配になってきた」

「何が？」

「考え過ぎかもしれないんだけど……」

「うん？」

「レティシアにつきまとっているその人が、恋人を取られたと思い込んで、エディを逆恨みするんじゃないかって、それが心配」

「おれは別にかまわない。恨まれて片がつくなら、いくらでも恨まれるよ」

「簡単に言うけどねえ、そういう人って何をするかわからないからね」

ルウはさりげなく声を低めた。

「中学生の男の子が三角関係に巻き込まれたあげく、痴情《ちじょう》の縺《もつ》れの末に刃傷《にんじょう》沙汰なんてことになったらそれこそ大問題だ」

金の天使は訝しげな顔になった。

頭に血が上った女性が刃物を持ち出したところで、おとなしく刺されるリィではないし、そのくらいのことがわからないルウでもないはずだ。

その思いを読み取って、黒い天使は真顔で頷いた。

「きみに何かあることを心配してるわけじゃないよ。そうじゃなくて、その人がエディの目の前で刃物を振りかざして自殺でも図るんじゃないかってこと」

さすがにリィも顔をしかめた。

極めてありがたくない、遭遇したくもない場面だ。

「そうなったらさすがにねえ。善良な市民としては止めなきゃまずいでしょ?」

追加で頼んだ鶏《とり》の空揚げを手にしながら、リィはため息を吐いた。

「ルーファ。わざと脅《おど》してないか?」

チョコレートケーキだけでは足らなかったらしく、ルウはアイスクリームを乗せたアップルパイを頼み、ミルクティーまで追加注文して、にっこり笑った。

「そんなことないよ。可能性を話してる」

「わかった。そんな修羅場《しゅらば》に巻き込まれないように、さっさと行って帰ってくることにする」

ギベリン公園はログ・セール西海岸の生徒たちが放課後や休日に出向くデート・スポットである。

夕陽の沈む海を見下せる抜群の立地に、緑豊かな庭園と遊歩道を備えており、逢い引き場所としての条件は充分に満たしているが、それだけではない。

広大な敷地には観覧車を始めとする各種乗り物を揃えた遊園地があり、運動競技場があり、映画館に室内遊技場、ショッピングモールと、これでもかとばかりに娯楽施設を集めてある。

映画を見るために社会人の恋人たちも訪れるし、遊園地や買い物目当てに家族連れもやってくる。

待ち合わせ場所にはレティシアが先に着いた。

公園の正面入口を入ったところにある園内案内所、

正しくはその周辺である。待ち合わせ場所としてはもっとも一般的であり、もっとも目立つ。

今日は運良く、眩《まぶ》しいほどの晴天だった。

空気は澄み渡り、風もなく、陽射しはぽかぽかと暖かい。

つい先日は雪が降るかと思うほど冷え込んだのに、季節が冬だということを忘れさせるくらいだ。

レティシアもジャケットを引っかけただけの姿で、案内所の近くをぶらぶらしていた。

通りかかる生徒たちがそれを見て声を掛けてくる。

「あれえ？　レット」

「珍しいじゃないか。何してるんだ」

友人が多いというのは本当らしい。

男女の二人連れは別として、女子の集団も男子の集団も少しの間足を止めて、楽しげにレティシアと話しては離れていく。

中でも男子高校生の四人連れは離れようとせずに、今日は自分たちとつきあえよと誘ったが、さすがにレティシアも苦笑して首を振った。

「それはできねえよ。連れを待ってるんだぜ、俺」

「連れって、何人？」

「一人だけど」

「だったらその連れも誘えばいい。まさか彼女ってわけじゃないんだろう？」

ところが、そのまさかだったのである。

レティシアを含めた五人が話しているところに、軽やかな声が掛かったのだ。

「お待たせ」

驚いて振り返った男子高校生四人は揃いも揃って絶句した。

自分たちよりいくつか年下に見える少女がそこに立っていた。陽に映えて輝く黄金の髪を首の後ろでゆるい三つ編みに編んで垂らし、新緑のような瞳が引き立つ緑の七宝の耳飾りをつけている。

左の胸に一輪だけピンクの薔薇《ばら》が捺染《プリント》された白いキャミソール、足にぴったり合ったピンクのパンツ、同じくピンクのボレロ。白地に金のベルトを締めて、靴も白い平靴。キャミソールの丈が短く、パンツの股上は浅目なので肌が見えそうだった。

初々しさと華やかさの混同したあまりの美しさに高校生人年が眼を剝いたばかりではない。

通りかかる人たちも思わず足を止めて、ぽかんと見惚《みと》れている。

レティシアは相好を崩して、優しい声で言った。

「待ってねえよ。俺も今来たところだから」

「よかった」

絶世の美少女はにっこり笑った。

それこそ『咲き誇る花のような』笑顔だった。

「じゃ、悪いな」

すまなさそうに友人たちに断ると、レティシアは少女と肩を並べて歩き出した。

背を向けた時にちらっと見えたが、何と、一つに編んだ三つ編みの先を赤い細いリボンで束ねている。

全体的に淡い色合いの服装の中で、左右に揺れるその赤が妙に鮮やかで、思わず苦笑が洩《も》れた。

「参ったね、どうも……」

「何がだ？」

答えるリィの声は平然としたものだ。

しかし、足取りが違う。颯爽《さっそう》としてはいるものの、肩から小さな小袋《ポシェット》を下げ、いかにも女の子らしく、小さな歩幅で歩いている。

そもそも立ち姿ひとつで男と女の違いを表現してみせるのは至難の業なのに、苦もなくやってのける。

この金色の獣が意外に芸達者なのは知っていたが、あらためて感心したレティシアだった。

自分より少し小さい姿をしげしげと眺めていると、緑の瞳が訝しげに瞬《また》いた。

「気に入らないか、この格好？」

「まさか。とんでもない。ありがてえと思ってるよ。どっからどう見ても極上のかわい子ちゃんだ」

「ちっともありがたくない褒《ほ》め言葉だけど、目的にかなっているという意味ではよしとすべきだな」

「いやもう、かないすぎてるくらいかなってるぜ。その服、お嬢ちゃんのお見立てかい？」

「いいや、ルーファが選んでくれたんだ。シェラはあれからずっと怒ってる。おまえのせいでほとんど初めて本格的に喧嘩《けんか》だぞ」

「それは喧嘩とは言わないぜ。自分の主人が自分の気に入らない奴と仲良くするんで、すねてるだけだ。あんたがちゃんと自分を気にかけてるってわかれば、機嫌を直すよ。――あのお嬢ちゃんは主人に忠実な、いい犬だからな」

「おまえな、それこそ褒め言葉になってないぞ」

「あんたもな。その口ぶりだけは気をつけてくれよ。誰かに聞かれたらおしまいだぜ」

　すると、金の天使はにやりと笑った。

「任せてもらおうか。自慢するわけじゃないけどな。おれは女のふりは得意なんだ」

　レティシアはさっきから笑いの発作を抑えるのに四苦八苦していた。

　薄い唇が何とも妙な具合に緩んでいる。

　だが、端から見れば、それもとびきり可愛い子と一緒にいることでにやけていると映るだろう。

「で、これからどうするんだ？」

「まず、フットボールの試合だ」

「……球蹴りのことか？」

「ああ。セム大とジャンビア大の試合があるんだよ。俺は正式なセム大生ってわけじゃないけど、一応は応援しとこうと思ってね。――いいか？」

「別にかまわないけど……」

　そう言って、リィは不思議そうに首を傾げた。

「球蹴りに興味があるとは知らなかった」

「いやあ、それほどでもないんだが、そこには人が大勢集まるんだよ」

　ギベリン公園内にある運動競技場へ行ってみると、確かに大変な人出だった。

　大学のクラブチーム同士の試合なので、入場料は低く押さえられ、座席の指定もないという。

それだけに、いい席を取ろうとして、開場前から長蛇の列だったらしい。

二人が場内に入った時は既に試合直前だったので、後ろの席しか空いていなかったが、もともと試合に興味があるわけではないのだ。

それに、二人とも抜群の視力の持ち主である。たとえ最後尾の席からだろうと、試合場の選手の目鼻立ちまで見えるくらいだから不自由はしない。

加えてリィは非常に耳もいい。

席に座っていると、周囲の会話が聞くともなしに聞こえてきた。

セム大とジャンビア大のフットボールクラブは、かねてよりの宿敵同士らしい。

双方の応援団の熱気と興奮は大変なものだったが、試合開始と同時に競技場は凄《すさ》まじい歓声に包まれた。

こうなると隣の人間に何か言うのも一苦労である。

しかし、この状況で連れとおしゃべりをしようと考える人間はいない。

みんな声を嗄《か》らして贔屓《ひいき》のチームを応援している。

リィはフットボールのルールを知らない。

観客が何に興奮しているかもわからなかったが、歓声と悲鳴の合間を縫って、隣の男に問いかけた。

「すごくやりにくそうに見えるんだけど、どうして手を使わないんだ？」

「そりゃあ、フットボールっていうくらいだからな。手を使ったら違う競技になっちまうんだよ」

「そうか」

フットボールの試合場でこんなことを言う人間はまずいないだろうが、レティシアも前半終了間際に席を立ち、売店まで飲み物を買いに行ったくらいだ。二人とも観客としては実に不真面目な部類である。

レティシアが戻ってくると休憩時間に入っていた。前半はどちらも得点なしに終わったものだから、観客席はさっきの熱狂とは別の興奮に包まれている。

後半こそはというわけだ。

席に戻ってきたレティシアが飲み物を差し出し、

受け取ろうとしてリィが手を伸ばした、その時だ。

狭い通路を通ろうとした他の少年がレティシアの身体を不意に押す格好になり、二人の手が重なった。

レティシアが反射的に手を引いた。

リィも手を伸ばした姿勢のまま、ちょっと驚いて、しばらく動かなかった。

端から見ればそのぎこちなさが何とも微笑ましい、可愛らしいカップルに見えたかもしれない。

手を戻し、真面目な顔でリィが言った。

「逃げるなよ」

レティシアは答えない。何とも曖昧《あいまい》な、不思議な笑みを浮かべている。

腰を下ろし、あらためて飲み物を差し出したが、

リィはすぐには受け取ろうとはせずに言った。

「おれたちは今、デートしてるわけだろう?」

「まあ……そう、なんだろうな」

「自分から誘っといて、そんな言いぐさがあるか」笑って、リィは飲み物を受け取り、口をつけた。

レティシアが買ってきたのは甘味の入っていないただの檸檬《レモン》水で、口に合った。

「協力するつもりで来てるんだから、逃げるなよ。手くらい握ったほうがそれらしく見えるはずだぞ」

レティシアは今度こそ苦笑して肩をすくめた。

「あんた、怒らないか?」

「試してみろよ」

隣同士の席に座った二人はじっと見つめ合った。

アネット・ヘッケルはレティシアを危険人物だと主張するが、そのレティシアがもっとも危険な生き物だと認識し、かつ警戒もしているのがリィだった。

見た目はとびきり美しいが、これは人の形をした獣であるとレティシアは思っている。たちの悪いことに普通の獣より遥《はる》かに頭がよく、人の言葉まで理解するが、それでも獣には違いない。

猛獣に人間の常識は通用しない。迂闊《うかつ》に触れると、こっちの身が危ない。

弱っている時なら触れても大丈夫かもしれないが

（事実それを見越して手を伸ばしたこともあるが）今はぴんぴんしているのだ。

　これにさわるということは、檻も柵もない場所で、何の拘束もされていない猛獣を撫でるに等しかった。

　しかし、この獣がある程度、自分に好意を持っているのはわかっている。

　噛みついたりはしないだろうと思う反面、油断はできないと、そこまで信用していいものかと疑う気持ちも拭《ぬぐ》いきれない。

　もっとも、リィにとっても、毒蛇が肌の上を這《は》うのを許すようなものだろうから、お互い様といえばお互い様である。

「それじゃ、まあ……」

　意を決したレティシアはつとめてさりげなく手を伸ばして、左隣に座っているリィの右手を取った。

　そっと指を絡《から》めて引き寄せてみる。

　小さな爪にマニキュアが塗られているのを見て、レティシアはあらためて感心した。

「自分で塗ったのかい？」

「だったらこんなにきれいに塗れるもんか」

「その頭も？」

「ああ。ルーファが編んでリボンをつけてくれた」

「俺と出かけるって、言った？」

「もちろん」

「前から聞こうと思ってたんだけどさ、王妃さん」

「デート中だぞ。王妃さんはよせ。——なんだ？」

「あいつ、あんたの何なわけ？」

「それも間違ってもデート中に言う言葉じゃない」

「お説ごもっともで……」

　端から見れば立派ないちゃいちゃぶりだった。

　そうこうしているうちに後半が始まった。

　この様子を、二人の斜向《はす》かいに位置する観客席で、シェラとヴァンツァーが眺めていたのである。

　シェラは双眼鏡を覗《のぞ》いていた。口元が引き締まり、双眼鏡を握った手がわなわな震えている。

ヴァンツァーがぼそりと呟いた。

「……双眼鏡にひびが入るぞ」

無論そんなはずはないが、そのくらい力が入っているということだ。

シェラもとても眼がいい。双眼鏡など使う必要はないのだが、今は顔を隠す意味で持っていたのだ。おかげで余計によく見えてしまった。

あの男がどんな場所でリィと会おうというのか、どうしても確かめなくては気がすまなかったのだ。

二人の眼を逃れるために、特徴的な銀の髪を隠す帽子まで被って変装していたのだが、巻き込まれたヴァンツァーこそいい迷惑だった。

もっとも、そのヴァンツァーも仲良く指を絡める二人を見て、そっと息を吐いていたのである。

「よくやる……」

あの獣も毒蛇も、お互いに知らぬふりをしている。獣は眼を覚ましていながらわざと寝たふりをして毒蛇がそこにいるのを黙認し、毒蛇は毒蛇でそこに鋭い牙を持つ獣がいることに気づかないふりをして、のんびりとぐろを巻いている。

身体の一部が触れあうほど近くにいるというのに、毒蛇も獣も必殺の牙を使おうとはしない。

寒気がすると言うべきか微笑ましいと言うべきか、ヴァンツァーとしては判断に悩むところだった。

試合は接戦の末、セム大チームの勝利に終わり、競技場は新たな大歓声と悲鳴の渦《うず》に巻き込まれた。

リィとレティシアは人の流れに沿って競技場から出たが、通路を行く途中、レティシアは顔見知りの学生に何度も声を掛けられていた。

興奮冷めやらない様子で熱っぽく話しかけてくる学生もいれば、単に挨拶を交わすだけの学生もいる。

しかし、どの学生もレティシアの傍《そば》にいるリィに気づくと、仰天したように眼を見張っていた。

大学生にとっても、その美貌は驚嘆すべきものであるらしい。男の学生も女の学生も、勝利の余韻もどこへやらで、心奪われたように見入っている。

なるべく大勢に見せつけたいというレティシアの狙いは正しかったわけだ。

中には「紹介しろよ」と食い下がる男子もいたが、レティシアは「気を利かせろよ」と巧みに退《しりぞ》けた。

リィも自分からは一言もしゃべろうとしなかった。

あくまで可愛らしく、はにかんだように微笑んで立っていただけだ。

「やあ、レット」

その声にだけ、リィが反応したのには理由がある。

声を掛けてきたのはレティシアより年下に見える、中学生くらいの少年だったのだ。

レティシアが笑顔になって、からかうように言う。

「何だよ。試合はどうでもいいって言ってたのに、結局来たのか？」

少年は面倒くさそうに肩をすくめると、大人びた口調で言った。

「あんまり興味はないけど、愛校心は示さないとね。勝ってくれてよかったよ」

リィが眼だけで『知り合いか？』と問いかけると、レティシアは初めて相手を紹介した。

「ああ、こいつはニコラ。俺の同級生」

ニコラは黒髪の頭を軽く下げて挨拶してきた。

成績のいい少年らしく、周囲の狂乱ぶりを侮っているような冷めた態度だったが、間近に見たリィの美貌に受けた衝撃は隠しきれないでいた。

黒い瞳が驚きに揺れている。

しかし、それを表に出すのは恥ずかしかったのか、努めて何気ない口調でレティシアに話しかけた。

「可愛い子だね」

「だろう？」

レティシアは得意そうに堂々と言ってのけると、リィに向かって楽しげに言った。

「こいつ、すげえ頭いいの。十二歳で大学入って、今でも十四歳なんだぜ」

リィは何も言わなかったが、その言葉に感心して眼を見張ってみせた。すごいねという意味だ。

「今の医専一年には俺も含めて十代が六人いるけど、こいつは中でも一番年下でさ。同級生のほとんどは六歳も年上ってわけ」

「別に、たいしたことじゃないよ」

と、ニコラは控えめに話した。

競技場の外に出て、ようやく人の群から離れると、リィは呆れたように言ったものだ。

「おまえ、ほんとに外面《そとづら》がいいんだな」

「そりゃそうさ。人づきあいはよくしておかないと。今の俺は流れ者ってわけじゃないんでね」

レティシアが次にリィを誘ったのは湖だった。

ギベリン公園にはカヌーの漕げる大きな湖がある。

二人乗りのカヌーは恋人たちの定番だ。

リィを乗せると、レティシアは自分で櫂《かい》を取って、カヌーを漕ぎ出した。

「俺たちの仕事にはいろんな土地に出向く流れ者と、一カ所に腰を据えて働く定住者がある——あったと言うべきだろうな。この二つは全然性格が違う」

リィは『女の子らしく』足を揃えて座りながら、レティシアの言葉を聞いていた。

「流れ者なら多少無茶をしても、その土地で騒ぎを起こしても別にかまわねえんだよ。いざとなったら別の土地へ移っちまえばいいんだから」

「国際警察みたいに、よその土地へ逃げた犯罪者を追う組織もないわけだからな」

「そういうこと。ただし定住者はそうはいかない。何より目立たないこと、その土地に溶け込んで平穏無事に暮らすことが第一だ。あんたの言う『めざせ一般市民』みたいなもんだ」

正論である。

「で、今の俺はどう考えても定住者だろう。だからなるべく愛想よくしてるわけ」

リィはちょっと考えて言った。

「だけど、その定住者と流れ者って、自分の意志で選べるのか？　何だか向き不向きがあるような気がするんだが……」

「あるね。攻撃と防御の違いみたいなもんで、普通、流れ者は一カ所に腰を据える定住者にはなれない」

水を掻《か》きながら、レティシアは苦笑した。

「女とのつきあい方もがらっと変えなきゃいけない。流れ者なら、土地の女と深い仲になって多少面倒なことになったとしても、さっさと逃げ出しちまえばそれでいいんだが、定住者はそうはいかない」

真面目な顔で言い、レティシアはさらに突拍子もないことを言い出した。

「定住者は家庭を持つのが必須条件だからな。俺も、今はまだ高校生の身分だが、そのうち女房もらって、子どもでもつくるかもしれねえな」

この男が夫になり父親になるところなど、とても想像できなかったが、リィはそうは言わなかった。

代わりにこう言った。

「その場合、奥さんや子どもに自分が何者なのかは言わないわけか？」

「当然だろう。話して何になる？　黙っているのが家庭円満の秘訣《ひけつ》ってもんだぜ」

職業意識もそこまで来ると立派と言うしかないが、リィは困ったように言った。

「ここにはおまえに仕事を頼む相手はいないんだぞ。本当にわかってるのか？」

無駄な努力に終わるのではないかと案じたのだが、レティシアは素直に頷いた。

「もちろん承知さ。これはこれで一つの目安とでも言うのかな。俺が好きでやってることだ」

リィの瞳が不思議そうに瞬いた。

レティシアは高校生の少年として不自然ではない程度に櫂を使って（この男はやろうと思えばもっと速く漕げる）ゆっくりとカヌーを進めている。

「あんたにもわかると思うが、俺はこれまで一度も定住者はやったことがない」

「だろうな」

それこそ宝の持ち腐れであり、使い道を間違っているとしか言いようがない使用法である。

「だからさ、これで結構、おもしろがってるわけ。こっちの世界も、学園生活もな。それが何にせよ、初めてやることってのはおもしれえよ」

　レティシアの口調はさらりとして、嘘《うそ》や強がりを言っているようには聞こえなかったが、リィは少し躊躇いがちに問いかけた。

「おまえはそれを……窮屈には感じないか？」

「あんたは？」

　問い返されて、今度はリィが苦笑した。

　視線を飛ばして、青い湖面と、その上で楽しげにカヌーを漕ぐ他の少年少女の姿を見やる。

「あの男が——ダンが言ってただろう？　船乗りをやめる自分は想像もできないって」

「ああ」

「だから、もし何かの事情で——大怪我をしたとか、そういうやむを得ない理由でやめなければならなくなったとしたら、あいつは相当荒れるだろうな」

「それは船乗りに限ったことじゃない。運動方面や芸術方面なんかではその傾向が強いんじゃねえか」

　リィも頷いた。

　喉を痛めて歌えなくなった歌手。

　腕を痛めて楽器を弾けなくなった演奏家。

　足を痛めて走れなくなった運動選手、踊ることができなくなった舞踊家。

「彼らはその状況に絶望して嘆き悲しむだろうが、どうしてだと思う？」

「あんたは、どうしてだと思うんだ？」

「自分にとってかけがえのない何かを意志に反して無理やり奪われて、永久に失《うしな》うからだと思う」

「…………」

「だけど、おれは何も失《な》くした覚えがないんだ」

「…………」

「おれは、おれだ。どこにいても、何をしていても。剣を取って戦場にいても、中学校に通っていても、おかしな話だけどな。たいして違わないよ」

「その点は俺も同感だ」

レティシアが頷いた。

「俺だって仕事中毒ってわけじゃない。少なくとも、あの女の医者が考えているような『人を殺したくて殺したくて禁断症状が出そう』なんてことは俺にはあり得ないね」

「あれはな、おれも驚いたけど、ミス・ヘッケルは本当にそう考えているみたいだったな」

「まったく、いい迷惑だ」

　文句を言いながらもレティシアは笑っている。

「破壊欲剝き出しで血が見たくてしょうがない奴、殺してないと落ちつかない奴ってのは実際にいるぜ。それなら俺もよく知ってる。ただ、あの女の医者が言うような――精神的外傷《トラウマ》ってのか、俺にはどうも実感がわかねえな」

「おれもさ」

「ただ、あれからちょっと調べてみたら、そういう例も本当にあるらしい。あれはたまげたね。中でも戦争帰りは最悪だ。攻撃本能をもてあまして完全におかしくなるんだと。――修行が足りねえよ」

「この世界が基本的には平和だっていう証拠だろう。おまえたちがやったような修行法はやろうとしてもできないわけだから」

「それで制御が効かなくなって暴走して一般市民に襲いかかる？　訓練不足としか言いようがないぜ。調整の失敗でもあると俺なんかは思うね」

　この点に関してレティシアは玄人《くろうと》中の玄人である。

　リィは黙ってその話を聞いていた。

「こっちの世界にも戦争はある。そこでは効果的に人間を殺さなきゃならない。ところが、その訓練のために人間を殺すことは許されない。それじゃあな、戦争する奴がおかしくなっても仕方がないと思うし、こっちの兵隊が気の毒にもなってくるよ」

　リィは答えなかったが、公平に考えて、この男の言い分にも一理あると思った。

「おまえの言いたいことはわかる。ただ、人道的に問題があるってことなんだろうな」

「けどさ、医者の臨床試験が認められてるんだぜ。あんなの、どう考えても立派な人体実験じゃねえか。だったらこれから戦地へ行く兵隊に多少は人殺しの練習をさせてもいいと思わねえ？　精神的な負担を言うならそっちのほうが遥かに大きいんだ」

「だから、その殺され役をどこから調達するかってところが問題なんだろう」

「だから、それこそ死刑囚を使えばいいんだって」

「無理だな。それは法律で禁止されてる」

「法律で戦争することは認められてるのにかよ？　矛盾《むじゅん》してるぜ」

冬晴れの青い空に白い雲が流れている。

空気は暖かく、カヌー遊びには最適の天気である。

ただ、このカヌーの上で交わされている話だけが、徹底的に不似合いだった。

湖の岸辺で、シェラは芝生《しばふ》の上に腹這いになり、真剣な表情で双眼鏡を覗いていた。

隣で同じように寝転がりながら、ヴァンツァーはほとんど頭を抱えている。

「……いい加減にしろ。これでは人の後をつけ回す変質者だぞ」

「人聞きが悪いぞ。せめて内偵と言えないのか」

「探りを入れる理由が何もないだろう。レティーに仕掛ける気がないのは見ればわかる」

不本意ではあるが、シェラもその点は認めざるを得なかった。

特に今、レティシアの両手は櫂でふさがっていて、リィは完全に自由に動ける態勢である。

いくら普通のデートに見せかけるためとはいえ、この行動はレティシアにとって、素裸で猛獣の前に立つくらいの覚悟がいるはずだった。

「あの男もよくやる……」

「俺もそう思う」

意外にも独り言に返事をされて、シェラが思わず隣の男を見た。

ヴァンツァーは長身を芝生に横たえ、腕枕で頭を支えていた。

湖を見やって、うっすらと微笑する。

「類は友を呼ぶとはよく言ったものだ。レティーは――今のレティーは、俺には非常に意外なことだが、王妃と一緒にいて嬉しいらしいな。本当にこの逢い引きを楽しんでいるように見える」

銀色の猟犬に噛みつかれる前に、ヴァンツァーはさらりと言った。

「ちなみに今の俺たちもそう見えていると思うぞ」

シェラは苦虫を噛み潰《つぶ》したような顔になった。

辺りは気持ちのいい芝生である。

冬とも思えない暖かさでもある。

恋人たちは芝の上に腰を下ろして楽しげに語らい、中には向き合って寝そべっている組み合わせもある。

男の言葉を否定できないと察して、腹這いのまま、シェラはがっくり頭を落とした。

立ち上がり、身体に着いた芝を払い落としながらヴァンツァーは言った。

「もうそろそろ、気がすんだだろう？　今度は俺につきあってもらおうか」

「どこへ行く？」

「今日はこれから、人文科学の担当教授の誕生会に招待されている」

「それなら……」

おまえ一人で行けばいいだろうと言おうとして、もしやその教授も美少年好みなのかと訝しんだが、ヴァンツァーは首を振った。

「なるべく友達を連れてきなさいと言われている。今日はプライヴェートなんだが、成績以外の部分で生徒を評価する判断材料にするらしい。つきあっている友人を見れば相手の人物像がある程度わかると、そういうことらしいな」

「……その友達がわたしでいいのか？」

「日程が重ならなければ、本当はレティーを連れていくつもりだった」

この男も考えることが意外と大胆だ、とシェラは自分の行動を棚に上げて判断した。

湖に眼をやってみる。

レティシアは櫂を使うのも忘れて、カヌーの上で何やら熱心にリィと話している。

確かにこの辺が潮時のようだった。

# 5

カヌー遊びの後、二人は遅い昼食を摂《と》った。

その際、レティシアは悪戯《いたずら》心を発揮して、リィにデザートを摂るよう勧めたが（たいていの女の子は甘いものが好きだからという理由でだ）金の天使は顔ではにっこり笑いながらも断固として拒絶した。

その後は、公園やショッピングモールを散歩して、比較的早い時間にデートを切り上げた。

「今日はありがとな。助かったよ」

レティシアが口先だけではない感謝を述べると、リィは可愛らしく首を傾《かし》げて、さりげなく指摘した。

「本当のカップルなら、こういう時はキスでもして別れるんだろうけどな」

レティシアは大げさに両手を広げて見せた。

「勘弁してくれよ。さすがにそんな度胸はないね」

リィも笑って、あっさり引き下がった。

「おれも、そこまでする気にはさすがになれない」

手を振ってレティシアと別れると、リィは一人で公園を出て、バス乗り場を目指した。

サンデナン方面行きのバス乗り場は公園出口から一番離れた場所にある。

まだ陽は高く、乗り場に向かう人は他にはいない。

リィはそれでも、念のために『少女の足取り』を変えなかった。

今日一日、シェラを除けば、後をつけられている感触はしなかった。

自分に向けられる視線の中にも悪意のあるものは感じなかったが、まだ安心はできない。

相棒の予想が正しければ『彼と別れてよ』などと、見知らぬ女性が突然現れてもおかしくないのだ。

しかし、現れたのは意外にも知っている顔だった。

ニコラである。

リィとほとんど歳の違わない少年は、おずおずと話しかけてきた。

「ぼくのこと覚えてるかな。さっき会ったよね」

頷《うなず》いたリィだった。今日会ったばかりの人の顔を忘れるはずがない。

辺りには誰もいないというのに、ニコラはやけに周囲を気にしながら急に忙《せわ》しく言ってきた。

「実はその、きみに話があるんだ。レットのことで。大事な話なんだよ。一緒に来てくれないかな」

リィはちょっと首を傾げたが、これは実のところ考える振りをしただけだ。

もう一度、黙って頷いた。

シェラは上着の襟《えり》を立てるようにしながら夜道を急いでいた。

冬の日暮れは早い。夕方には向こうを出たのだが、ログ・セール中部からサンデナン南岸までは遠く、海を渡る頃にはすっかり陽が暮れていたのである。

楽しいパーティだった。コミュニケーション学の教授は気さくな人で、ヴァンツァーの連れで訪れたシェラのこともとても歓迎してくれた。

昼の暖かさとは打ってかわった冷たい空気に抱きすくめられながらフォンダム寮に戻った時は、既に食事時間が終わろうとする頃だった。

教授宅でたっぷりご馳走《ちそう》を振る舞われていたので、夕飯を食べる必要はないが、自分の部屋に戻る前に、シェラはいつもの習慣でリィに挨拶しようとした。

ところが、廊下から室内の様子を判断する表示が『点灯』ではなく『消灯』となっている。

部屋の明かりが点いていないのだ。

消灯にはまだ早いのに、もう寝てしまったのかと思いながら、シェラはそっと室内を覗《のぞ》いてみた。

寝台は空だった。

空気は冷たく、どこにも人の気配はない。

シェラは棒立ちに立ちつくしたが、それも一瞬だ。

すぐさまエクサス寮のレティシアに連絡を入れた。

時間さえ許せば怒鳴り込んでいただろう。

リィが戻っていないと聞かされて、レティシアは意外そうに眼を丸くしたが、シェラはそんな表情に騙《だま》されはしなかった。厳しく問いつめた。

「あの人はどこだ？」

「俺は知らねえよ。ちゃんと暗くなる前に帰したぜ。どっかで寄り道してるんだろうよ」

「あの格好でか……？」

唸《うな》るように言うと、レティシアは『きゃはは』と、おもしろそうな笑い声を立てた。

「だよなあ。すげえ可愛かったもん。案外、痴漢を叩きのめすか何かして、警察に保護されてるのかもしれねえな」

「笑っている場合か、貴様！」

「そうかりかりしなさんな。もう少し待ってみろよ。王妃さんのことだ。けろっとして帰ってくるって」

「そっちはどうだか知らないが、こっちはもうじき消灯時間だぞ！　それなのに連絡もない！」

「そんなこと言われても俺は本当に何も知らねえよ。何ならここの舎監に帰寮記録を問い合わせればいい。俺が戻ったのは四時間も前だぜ？　それから一歩も寮を出てねえんだから」

こうなるとシェラも沈黙せざるを得なかった。

調べればすぐにわかるこんな嘘《うそ》を言う男ではないからだ。

「そんなに気になるなら王妃さんの相棒のところに連絡してみろよ。俺に訊くより早いと思うぜ」

確かに、それがもっともありそうな話ではある。

シェラが憤然《ふんぜん》として通信を切ると、レティシアは奇妙な表情を浮かべた。戸惑っているようでもあり、何やら思案しているようにも見えた。

静かに眼を光らせて、待ち伏せをする猫のようにじっと動かなかったレティシアはやがて内線端末に手を伸ばした。

まさにその時、新たな通信が入ったのである。

「やあ、レット」

通信画面のニコラは妙に平坦な口調で言った。

「話があるんだ。出てきてくれないか」

「こんな時間にか？」

「ああ、今すぐ。一人で。誰にも言わずにだ」

「ずいぶん思わせぶりだな。何の用だい？」

「詳しいことはここでは言えない。緊急の用なんだ。きみの彼女に関することなんだよ。――彼女、まだ寮に戻ってないって、知ってるかい？」

あれは俺の彼女じゃない――とは、レティシアは言わなかった。真剣な表情で問いかけた。

「おまえ、何か知ってるのか？」

「今は言えない。とにかくすぐに出て来てくれ」

「わかった。どこへ行けばいい」

ニコラが指示したのはエクサス寮から一キロほど離れた通りだった。

街とは反対の郊外に向かっているただの道路で、その先にあるのは丘や林だけだ。

道沿いには家もなければ店舗もない。夜になれば滅多に車も通らない。寂しい場所である。

一人で夜歩きするような道ではないが、その道を丘に向かって歩いてくれとニコラは硬い声で言い、

「車が迎えに行くから、その車に乗ってくれ」

質問する暇を与えずに通信を切ってしまった。

レティシアは手早く身支度を済ませると、堂々と玄関から寮を出た。

夜の冷気は予想外に厳しくて、思わず身震いする。

ポケットに両手を突っ込み、背中を丸めて足早に夜道を進む。

自分の後を車が一台、音もなくついてくることにレティシアは気づいていた。

知らんふりをして先を急ぎ、丘へ続く道に入ると、足下が急に暗くなった。

街灯の間隔が開いたせいだ。

と、後をついてきた車がレティシアを追い抜いて、そして止まった。

レティシアも立ち止まった。

　車の照明《ライト》を背景にして運転席から降りて来たのは三十歳くらいに見える男だった。

　連邦大学には三十代以上の学生も在籍しているが、どう見ても学生という雰囲気ではない。

「レティシア・ファロット?」

「だったら?」

　男は無言で近づいてくると、レティシアの身体を手早く、しかし丹念に探り始めた。

　レティシアも抵抗せず、このボディ・チェックをおとなしく受けた。

　もともと銃器の類など持ってはいないのだ。

　男も武器の有無を調べたわけではないらしい。

　通信機や、もしくは学生証のような現在地を示す発信機を持っていないかどうか確認したようだが、無論そんなものも持っていない。

　男は顎《あご》をしゃくる仕種だけで車に乗るように促《うなが》し、レティシアは素直に後部座席に乗り込んだ。

　車には他に誰も乗っていない。

　男が運転席に着き、無言で車を発進させた。

　丘も林も通り過ぎて、対向車が一台も来ない道をおよそ一時間も走っただろうか。

　到着したのは、今は使われていない宇宙港だった。

　見渡す限りの広大な土地に、古びた施設が点々と残っているだけの廃墟《はいきょ》である。

　学校施設や民家の近くではあり得ないことだが、廃墟を照らすのは星明かりのみだ。

　車の照明《ライト》がなければまったく見えない原始の闇が、ここには残っている。

　やがて車が止まり、男が言った。

「降りろ」

　レティシアは今度も逆らわなかった。

　外へ出ると、眼の前に古びた建物が建っていた。

　使われなくなってだいぶ経っている。

　何かの倉庫のようだった。

　促されるまま、小さな通用口から入ると、内部は意外にも明々と灯りが点っていた。

してみると、ここの動力はまだ生きているらしい。

倉庫の中には大小のコンテナや導管、廃棄された工具類など、様々ながらくたが転がっている。

全体的に埃《ほこり》っぽいのに床だけが妙にきれいだった。

そこにリィがいた。

埃を被った太い配管に座らされている。

その横に男が座っていた。ここまでレティシアを連れてきた男よりも若い男だ。二十代に見える。

その男が鋭い刃物をリィの首に突きつけている。

しかも、リィの両手は手錠を掛けたような格好で、身体の前で縛られているのである。

レティシアはあんぐりと絶句した。

それこそ頭を抱えたくなった。

事実、片手で顔を覆《おお》ってしまったが、その仕種を男たちは違う意味に取ったらしい。

車から降りた男が無表情に言った。

「心配するな。彼女には何もしていない」

刃物を持った男も下品に笑いながら言う。

「そうとも。おまえの大事な彼女はまだ無事だぜ。まだ——な」

なるほど確かにこういう場面で彼女に出くわした男であれば『大丈夫か』『何もされてないか？』と訊くのが普通だろうが、レティシアは実に苦々しい吐息を洩らして、げんなりと言った。

「あんた、いったい何してるんだよ？」

縛られたリィは平然と答えた。

「おまえのことで大事な話があると言われたんだ」

「だーかーら！　何でおとなしくしてるんだよ？」

「仕方がないだろう。縛られた上、刃物で脅《おど》されているんだぞ。おとなしくするしかないじゃないか」

レティシアは再度頭を抱えそうになったのを堪《こら》え、忌々《いまいま》しげに舌打ちした。

頭の中では、ここまで徹底的に白々しい言い訳というのも珍しいと、滅多に聞けるものではないなと冷静に考えていたが、口では違うことを訊いた。

「あんた、ずっとここにいたのか？」

「ああ。おまえと別れてすぐに連れてこられたんだ。さすがに腹が減ったな」

「そりゃそうだろうよ。もうじき消灯時間なんだぜ。俺がお嬢ちゃんに怒鳴られたよ」

「おしゃべりはそこまでだ」

若いほうが剣呑《けんのん》な口調で言い、握った刃物の先をリィの首にぐっと押しつけた。

もう少し力を入れれば、やわらかい皮膚が切れて血が流れる。しかし、レティシアはそれが見えないかのように、のんびりと言った。

「それで？　あんたたちは誰なんだい。名前くらい教えてほしいんだがね」

「知る必要はない」

車を運転してきた男が即答したが、刃物を持った男は嘲《あざけ》るように言った。

「話してやったってかまわないだろう、ブライアン。俺はジェイソン、そっちはブライアンだ」

「あいよ、ブライアンにジェイソン。俺はレット。ニコラに呼ばれてきたんだが、ニコラはどこだい」

二人は答えなかったが、車の音が近づいてきた。どうやら二台以上の物音である。車は外で止まり、大勢の人が車を降りる気配がした。

通用口から悠然《ゆうぜん》と入って来たのはニコラではない。十七、八に見える颯爽《さっそう》とした少年だった。

丈が高く、端整な顔立ちで見栄えがする。

加えてどういうわけか夜会に出向くような正装に身を固めているので、余計に華やいで見える。

その後ろから同じ服装をした同年代の少年が三人、続いて入って来た。

ただし、こちらは太目だったり小さかったりと、最初の一人ほど見目はよくない。その彼らの後ろに隠れるように、一番年下のニコラも顔を覗かせた。

そして最後に、少年たちとは別に三十代に見える男が二人、ひっそりと入って来た。

一見地味な背広を身につけているが、その下には間違いなく銃を携帯している。

目つきも物腰もどうにも物騒な気配である。

二人はブライアンやジェイソンと顔見知りらしく、無言で異常はなかったかと尋ねてきた。

「どうってことはねえ。見ての通り、おとなしくて、かわいいもんだぜ」

刃物を持ったジェイソンが言えば、ブライアンも短く言った。

「誰も後をつけて来た者はない」

少年たちは無造作に進み出たが、背広の男たちはさりげなく倉庫全体を見渡せる場所に移動した。

ボディ・チェックをしたブライアンの手際もだが、その足取りを見ただけでもわかる。

この男たちはある種の訓練を受けている。

最初に入って来た少年はレティシアに近づくと、悠然と声を掛けた。

「やあ、待たせたかな」

レティシアは困ったように言った。

「デューク。これはいったい何の真似だよ？」

「きみにはわかっているはずじゃないのかな」

デュークは態度も口調も尊大なくらい堂々として、一目で少年たちのリーダー格とわかる少年だった。

「あれほど熱心に誘ったのに、きみはぼくの言葉に耳を貸そうとしなかった。だからこんな強硬手段を取る羽目になってしまった。実に残念だよ」

「そんな遠回しな言い方をされてもわからねえって、要点は何なんだって、俺も何度も言ったよな」

ここでリィがちょっと眼を見張り、訝《いぶか》しげに口を挟んだ。

「まさか、しつこく言い寄られてるっていうのは、こいつのことなのか？」

レティシアは気まずそうな顔で頷いた。

「実はそうなんだ」

「だけど、おまえを口説《くど》いてどうする気なんだ？」

恋愛絡みのいざこざにはとても見えなかったので
そう尋ねたのだが、レティシアも困り果てた仕種で肩をすくめて見せた。

「俺も何度もそう訊いたぜ。ところが、どうしてもそれをはっきり言ってくれねえんだよ」

ジェイソンが握った刃物に力を入れる。

「おい、勝手にしゃべるんじゃねえよ。お嬢ちゃん。いい子にしてないと痛い眼を見るぜ」

その脅しをまるっきり無視してリィは言った。

「この連中、知り合いか？」

「顔と名前くらいは知ってるぜ。同級生だからな。セム大の医専一年には俺の他に十代が五人いるって話しただろう。その全員だよ。このえらそうなのがデューク。そこでうじうじしてる太っちょがマット。愛想の悪い長髪がブラッドで、神経質そうなちびがアンディ。——ニコラはもう知ってるよな？」

「大人のほうは？」

「知らねえ。ここの二人と同じで初めて見る顔だ」

「背の高いのがダグラス、そっちのグレーの背広がギルバートだ」

答えたのはデュークだった。

縛られたリィを見て、わざと感心したように眼を見張ってみせる。

「これがレットの彼女とは。驚いたな。これほどの美少女は初めて見た」

太っちょのマットもリィに興味を持ったようで、その身体をもじもじ揺すりながらデュークを窺《うかが》って、小声で言った。

「なあ、デューク。これ、もったいないよ」

「ではどうする気だ？　このまま帰すのか」

「それは、できないけどさ……もったいないなあ」

だらしなく髪を伸ばしているブラッドが苛々《いらいら》した様子で言う。

「時間が惜しい。とっとと始めよう」

「まあ、待て。急ぐことはない。時間なら今夜一晩、たっぷり使えるんだ」

デュークは尊大に仲間を押さえた。

同級生だそうだが、これはまるで友人ではなく、部下にものを言うような調子だった。

「さて、レット。これが最後の機会だ。考え直して、ぼくたちの仲間になってもらえないかな？」

「――と言われても、どっちかっていうと連《つる》むのは苦手なんだがねえ」

　とぼけた口調で言ったレティシアに、デュークは思わせぶりな笑みを返したのである。

「先日の実習、ぼくは――ぼくたちと言うべきかな、絶対の自信を持って臨んだ。クスコー教授は新人に難しい課題を出すことで有名だが、同期生の中では最高の成果を上げられると確信していた。ところが、そのぼくたちでさえ教授の出した二十の課題のうち十七までを終えるのが精一杯だった。それなのに、きみの十班だけがあの短時間で全課題をクリアした。何故なのかな？」

「そういうことで俺を敵視されても困るんだって。実習ってのはみんなで協力してやるもんだろう」

「違うね。他の顔ぶれはきみの言うとおりに動いていただけだ。教授もそれを見抜いていた。もっとも、教授はきみがよほど事前に模擬研修《シミュレーション》を積んだものと思ったようだが、ぼくは知っている。きみは一度も模擬装置《シミュレーター》など触っていないということをね」

　デュークは勝ち誇ったように言った。

「しかし、それでは何故きみは模擬研修もせずに、初の実習であれほど見事な技術を披露《ひろう》できたのか？　その答えは一つしかない。レティシア・ファロット。きみには実際に人を殺した経験があるはずだ」

　レティシアは黙っていた。

鬼の首を取ったような態度とはこのことだろうが、レティシアにとっては当たり前すぎる事実である。そんなふうにそっくり返って言われても困るのだ。

代わりに口を開いたのはリィだった。

「デュークとか言ったな。一つ訊くが……」

「この小娘《がき》、黙ってろってのがわかんねえのか？」

ジェイソンが苛立って刃物の先を押しつける。

その勢いで鋭い刃《やいば》が皮膚を傷つけ、血が滲《にじ》んだ。

痛みを感じていないはずはないだろうに、リィは冷たい眼でジェイソンを見た。

「おまえのほうこそうるさいぞ。黙っていろ。今はおれが話しているんだ」

支配下にあるはずの捕虜にこんなことを言われて、ジェイソンはかっとなった。刃物を振りかぶったが、低い声がそれを止めた。

「よせ。ジェイソン」

ダグラスである。

ジェイソンはその言葉に従って手を止めたものの、不満そうな顔で訴えた。

「いいじゃねえかよ。どうせ殺《や》っちまうんだ。多少早いか遅いかの違いじゃねえか」

「やめないか」

これはデュークだ。

年上のジェイソンに対しても押さえつけるような不遜《ふそん》な口調だった。

「その子を自由にする権利などはきみにはないんだ。勝手な真似はよしてもらおう」

「なんだと？ てめえ、誰に向かって……」

「ダグラス」

凄《すご》んでみせたジェイソンは無視して、デュークはダグラスに向かって厳しく言った。

「人選はきみに任せると言ったが、使えない人間を連れてこいとは言わなかったはずだぞ」

ダグラスは黙っていたが、ジェイソンを見る眼を険しくした。

この二人の上下関係はどう見てもダグラスが上だ。ジェイソンは明らかに気圧《けお》されて引き下がったが、ほとんどリィの眼を突き刺すほどに刃物を近づけて忌々しげに言った。

「こいつ、自分の立場わかってんのか？」

その呟《つぶや》きも無視して、リィはデュークに向かってあらためて言った。

「気になることがあるんだが、訊いてもいいか？」

「いいとも。何かな？」

「この倉庫は使われなくなって大分経つはずなのに、どうして血の臭いがするのかな？」

デュークを含めた学生たちは一様に顔色を変えた。

中でも甲高い声で叫んだのはアンディだった。

「そんなはずはない。ちゃんと洗ったんだ！」

「アンディ！」

デュークが鋭い声で叱責《しっせき》する。

一方、レティシアは楽しげな口調で言った。

「さすがの鼻だな。俺には感じないが、血の臭いがするかい、ここ？」

「ああ。多少洗ったくらいじゃ落ちない生臭さだぞ。一人や二人の量じゃない」

リィは厳しい眼でレティシアを見たのである。

「この連中はいったい何だ？」

「言っただろう。俺の同級生だって」

「それだけか？」

「正しくは、サンデナン東海岸およびログ・セール西岸で起きた連続殺人事件の真犯人ご一行様だよ」

レティシアはあっさり答えた。

「数もぴったりだろう。ニコラは勘定《かんじょう》外として、一人で一体ずつばらしたわけだ」

「だったら大人連中は何なんだ？」

「さあね。どこで引き込んだか知らないが、こんな小僧《がき》どもの手先になって人殺しを手伝うくらいだ。ろくな連中じゃねえよ」

「主犯はあくまで学生のほうだと？」

「そうさ。なぜならその理由が解剖実習で好成績を収めるためと来た。――情けなくて涙が出るぜ」

言葉とは裏腹にレティシアは笑っている。

「解剖実習ってのは、当たり前だが、一度も人間を切ったことのない素人《しろうと》のためにやるもんだ。最初は下手で当たり前さ。ところが、こいつらは実習でも後れを取りたくなかったんだな。前もって失業者を使って練習したわけだ」

「………」

「ある意味、見上げた勉強熱心と言えなくもないが、そんな練習は違法だって、俺でも知ってるぜ」

「そう言うきみはどうなのかな？」

不敵な笑いを浮かべながらデュークが言った。

「あれだけの技術を見せられればいやでもわかる。きみはぼくたちと同じ種類の人間だとね」

「そうかあ？」

レティシアは猫のような眼をわざと丸くした。

「何を根拠にそう言うんだい。俺にはとてもそうは思えないんだがね」

「きみもぼくたちも既成の枠に囚《とら》われることはない選ばれた人間だ。凡人より一段階上の自由な世界を生きている。頑鈍《がんどん》な大人の決めた法律など無意味な形骸《けいがい》に過ぎないと、そんなものに従う必要はないと、自らを縛る鎖を断ち切った者だ。そもそもどうして人を殺してはいけないんだ？」

「それなら訊くが、どうして人を殺してもいいのか、おまえには答えられるのかい？」

からかうようなレティシアの問いに、デュークは無論とばかりに頷いた。

「世界には人が溢《あふ》れている。その中で不要な連中を多少始末したところで何の問題があるというんだ。ましてやあんな連中は社会の屑《くず》だ」

デュークは完全に自分の言葉を信じているらしく、吐き捨てるような口調で言った。

「もっとも、彼らは未来の支配層である我々の役に立って死んだのだから、その意味では有意義な死を迎えたと言えるだろうな。レット。前にも言ったが、きみは我々の仲間だ。ぼくはきみにも支配する側に立ってほしいと思っている」

レティシアは深い吐息を洩らして、リィに訴えた。

「実習の後、それまで口をきいたこともないのに、こんな感じでやたらなれなれしく近づいてきてさ。どうでもつきあえって、仲間になれっていうのさ。ところが、いったい何のお仲間なのか、肝心要《かんじんかなめ》の話をしない。それじゃあ、うんとは言えねえやな」

リィはそんな言い訳に騙されはしなかった。

厳しい光を眼に浮かべてレティシアを詰問した。

「おまえ、こいつらのこと、知ってたな？」

「確証はなかった。ほんとだぜ。俺はあんたに嘘は言わねえよ」

無断で利用したりしたら後がこわいじゃねえかと口の中で呟いて、レティシアは真顔になった。

「ただ、怪しいと思ったのも、確かめたかったのも本当だ。だからわざと次の休みにはデートなんだと大学中で話して回った。誰の耳にも入るようにな。そうしたらこの様《ざま》だ」

苦い口調だった。

まったく素人のやることときたら物騒でいけない。

その上、小僧《がき》とあってはなお悪い。

「けどまあ、これでやっと突っ込んだ話ができるな。おまえはさんざん仲間になれって言うが、それこそどういう意味だ？　これからも浮浪者を殺して回る共犯者になれってことなのか」

「ある意味ではそうだ。医学に携《たずさ》わる者なら人体を詳しく知ることは必要不可欠だからな」

「話がおかしくねえ？　普通それを勉強するために医学部に通うんだろうが」

「だからこそその努力だ。人より抜きんでるためには人と同じことをしていたのでは意味がないんだぞ」

「そこんとこだけだと至ってもっともなご高説だが、おまえ何か忘れてないか。おまえのその努力は殺人罪っていう名前の立派な違法行為なんだぜ。これが発覚したら、たちまち手が後ろに回って牢獄《ろうごく》行きだ。俺はそんなのは遠慮したいね」

リィはまったく表情を変えずに話を聞いていたが内心では驚き呆《あき》れていた。

まともだ。レティシアが恐ろしくまともなことを言っている。

本当にこれでいいのかと耳を疑いたくなる。

それに比べて正装に身を包んだデュークのほうは、彼にしか理解できない歪《ゆが》んだ理論を展開している。

「そんな心配は無用だ。現に誰もぼくたちのやったことだと見抜けないでいるんだからな」

「何か秘訣《ひけつ》でもあるのかい？」

「ブラッドの父親は連邦大学警察の第三区画本部長、マットの父はその警察機構を管理する立場の人間だ。つまり、サンデナンとログ・セールで起きる事件は全部ぼくたちの耳に入る」

「つまり、親父さんはおまえたちのやってることを知ってるわけ？」

「馬鹿なことを言わないでほしいな。父親を通じて情報が手に入るという意味さ。実際、捜査状況など手に取るようにわかる」

デュークは自信たっぷりに話を続けた。

「アンディの父親はこの星の大手警備会社の社長で、アンディはその社内に自由に出入りできる。関係者以外立ち入り禁止の心臓部にもだ。彼もその方面に優れた才能を持っていてね。警備装置の指揮系統に侵入して記録を改竄《かいざん》することなどわけはないのさ」

犯人の姿は監視装置に映らなかったのではなく、消されていたというわけだ。

「けどよ。警察だって馬鹿じゃない。いつか細工に気づくかもしれないぜ」

「それでも、ぼくたちに容疑が掛かることはないね。仮に疑惑を持たれたとしても、すぐに捜査線上から外される」

「どうしてそう言いきれるんだい」

デュークは努めてさりげなく、しかし得意そうな響きを隠しきれない口調で答えた。

「ぼくの父はこの星でも屈指の大実業家だ。大学の理事の一人でもあり、警察の上層部にも友人が多い。総監とも旧知の仲だ。その息子を容疑者として取り調べる勇気など現場の人間にはないだろうよ」

「なるほどねえ……」

レティシアはしきりと感心して頷き、ダグラスを始めとする四人の男たちに眼を向けた。

「とすると、このお兄さんたちも、おまえと同種の人間ってことなのかな」

「いいや、彼らはぼくたちの協力者だ。ダグラスとギルバートはもともと父の護衛《ボディ・ガード》だよ」

こんな胡散《うさん》臭い連中を護衛に雇《やと》うとは、どういう実業家なのかと訝しみながら、レティシアは名前の挙がった二人に対する当然の疑問を投げた。

「となると、あんたらの雇い主はデュークの親父で、デュークじゃないだろう？」

「父は彼らとの契約を切ったんだ。だから、ぼくがあらためて雇うことにした。そのくらいの小遣いはもらっているからね」

「親父さんはそれを――おまえがこの二人を雇ったことを知ってるわけ？」

「ああ。おまえも一人前の男として、そろそろ人を使うことを覚えてもいい頃だと言われたよ」

子が子なら親も親である。

レティシアは相手に聞こえないように呟いた。

「……男を磨くのもいいが、まず使う相手の種類を見分けなきゃ意味がないんだがな」

デュークはレティシアの感想になど気づかない。ますます傲然《ごうぜん》と胸を張った。

「レット。この世の中は二種類の人間に大別される。命令する者と服従する者、支配する者とされる者だ。この両者の間には厳然たる境界線が横たわっており、それは決して覆《くつがえ》ることはない。弱肉強食の野生の掟《おきて》に等しく、強い者には弱い者に対する生殺与奪の権利が与えられているんだ」

「ああ、そりゃもっともだな。その言い分には俺も賛成だぜ」

「わかってもらえて嬉しいよ」

デュークは笑った。すがすがしい笑顔だった。

「ただし、きみには真実、仲間に入るという誓《ちか》いを立ててもらわなければならない。――だからぼくはきみに試練を与えようと思う」

そう言って、デュークは配管に座ったリィに意味ありげな眼を向けたのである。

「きみの手で、彼女に有意義な死を与えるんだ」

手首を縛られたリィは片方の眉《まゆ》を吊り上げた。

レティシアも驚いて眼を見張ったが、形だけだ。

実際はこの成り行きを予想していたに違いない。

気味が悪いくらい穏やかに問い返した。

「どうしてそういう話になるのかな？」

「個人的な感情など我々には不要のものだ。そんな些細《ささい》な枷《かせ》に囚われているようでは何もできはしない。従って、きみはきみ自身が本当に自由な思想の下に生きていると証明しなければならないんだ」

「じゃあ、俺が仲間になるのはいやだっていったら、どうするんだ？」

「非常に残念だが、彼女同様、きみにも我々の役に立ってもらうことになる」

「うわお」

レティシアは今度こそわざとらしく驚いてみせた。

「厳しいねえ。つまり彼女を殺して俺が生き残るか、俺も彼女と一緒に死ぬか、二つに一つなんだ？」

「思った通り、きみは実に呑込《のみこ》みが早い。どちらを選ぶかはきみの自由だ」

ここでニコラが不満そうに口を尖らせた。

「それじゃ約束が違うよ。デューク。今度はぼくにやらせてくれるって言ったじゃないか」

「まあ、待て。機会ならいくらでもある。今は彼の覚悟を見極めることが肝心なんだ」

たしなめられても、ニコラはますます不満そうに頰《ほお》をふくらませて訴えた。

「ずるいよ。次はぼくの番だろう。この間だって、ぼくだけみんなの手伝いで終わったんじゃないか。今日は絶対に譲らないからな」

マットがぼそぼそと言う。

「だけどやっぱり、もったいないよ……」

ブラッドとアンディがマットに露骨な軽蔑《けいべつ》の眼を向けて口々に言った。

「うるさいんだよ、おまえ」

「もったいないからってどうするつもりだよ？」

「だから、みんなでどこかで飼うとかさ……」

「無理。現実感なさすぎ。あり得ないね」

アンディが決めつける。

ブラッドもじろじろと、人間《ひと》ではなく実験材料《もの》を見る眼でリィを眺めている。

「もう少し歳がいっているとよかったんだがな……。ずっと男ばっかりだったから、女もやってみたいと思ってたところなんだ。骨格の違いをぜひ見たい」

「それより生殖器官だよ。まだ子宮も卵巣も実物を見たことないんだから」

言葉の意味がわかっているのかと疑いたくなるが、二人とも本気だった。

本気でリィを解剖するつもりなのだ。

レティシアが笑って、悪戯っぽい眼でリィを見る。

「どうする？　あんたの子宮が見たいんだってさ」

金色の獰猛《どうもう》な獣《けもの》は低く唸った。

「馬鹿が。あるか、そんなもの。おれは男だぞ」

「男⁉」

さすがに全員驚いたらしい。

リィはとっくに少女の芝居を放棄しているのに、今まで気づかないほうもどうかと思うが、マットが急に興味を失った調子で言った。

「なあんだ、男か。だったらいいや……」

「何でこんな格好してるんだよ？」

「レットの彼女じゃなかったのか？」

ブラッドとアンディがニコラを責める口調で言い、ニコラも憤然と反論した。

「一緒にいる子を連れて来いって言ったじゃないか。ぼくは言われた通りにやっただけだ」

デュークが訝しげにリィに向かって話しかける。

「となると、きみはレットとどういう関係だ？」

リィは黙っていた。

この連中は自分に対する殺意を明らかにしている。

そんな連中に話すことなど何もない。

レティシアも説明してやるつもりなどなかった。

ただ、言うべきことは言ってみた。

「俺はニコラに呼び出されて寮を出て来たんだから、戻らなかったら当然ニコラが疑われるぜ」

デュークは再び自信ありげな笑みを浮かべた。

「あり得ないね。生徒の私生活自由《プライヴァシー》を守る意味から通話内容は記録されない。つまり、きみがニコラに呼び出された証拠は何もない」

「ニコラが連絡してきたっていう記録は残ってるぜ。第一、俺が誰かにしゃべったかもしれないじゃん」

寮を出る前にとレティシアが言うと、デュークは自信たっぷりの様子で頷いた。

「そうとも。同じ大学で同じ講義を取っているんだ。ニコラから連絡があっても、きみがニコラの名前を出したとしても、少しもおかしくない」

「……………」

「問題はその内容だ。あの緊迫した状況で、きみがニコラに呼び出されたと打ち明けたとは思えないが、仮にそうだとしても、それを証拠立てるものがない。何しろ、ニコラは今夜、きみと会ったりしなかった。一晩中ぼくの別荘で、ぼくたち四人と一緒にいた。そう証言すれば、彼は容疑者にもならないだろうよ。彼の父は連邦大学総合事務局次長だからね」

この惑星において総合学長を大統領とするなら、それは国務副大臣あたりに相当する役職である。

「さあ！　準備に入るぞ」

デュークの掛け声を合図に、妙な形の自動機械が奥からぞろぞろ出てきた。

物陰になって見えなかったが、別に部屋があって、そこに待機していたらしい。

自動機械は様々な型《タイプ》のものがあった。たいていは医療用だが、警護用と思われる厳《いか》つい型もある。大邸宅でしか使われないような給仕用もある。

しかし、真っ先に眼についたのは手術台だった。

他にも続々と大型の装置が運び込まれてくる。

医療用の自動機械の何台かは自らが作業台となり、外科用の鋭い刃物や様々な器具を上に並べ、古びた倉庫があっという間に手術室へと——ただし患者を生還させるという重要な点にまったく注意を払っていないのだ、明らかにまともな手術室ではない——変貌《へんぼう》した。

医療装置の価格に多少知識のあるレティシアは、またもや呆れる思いだった。

いったいどれだけの小遣いをもらえばこれだけの装置を揃えられるのか、はなはだ疑問だった。

五人の少年たちは着替えを始めた。

正装の上着を脱いで給仕機械に預けると、全身を覆い包む手術着と手袋を受け取って身につけ始める。

男たちは何もしない。見ているだけだ。

リィの傍《そば》にいるジェイソンだけは楽しげに刃物をいじくり回している。

獲物のなめらかな肌やしなやかな肢体をじっくり眺め回し、刃物の先で頬や首の皮膚をつつきながら下卑《げび》た笑いを浮かべている。

「これで男とは信じられねえが、待ちきれねえな。ええ、お嬢ちゃんよ」

こんな侮蔑に満ちた言葉を浴びせかけられても、それでもリィは動こうとしなかった。

さすがに見かねてレティシアが話しかける。

「どうする気だよ？　王妃さん」

「それはよせと言っただろう。——どうもしない」

「……………」

「話を聞く限り、おまえの問題だ。だったらおれが手出しをする筋合いじゃない」

「いいのかよ。このままだとあんたはあの手術台に乗せられてばらばらに刻まれるんだぜ」

「そうとも。おまえも一緒にな」

「俺はいいんだよ。覚悟とやらを見せれば生かしておいてもらえるらしいから」

それはつまりレティシアの手でリィの命を絶つという意味だが、リィは緑の瞳をきらっと光らせた。

「あいにく、おれの相棒はそんなに優しくない」

レティシアは沈黙して、困ったように頭を掻《か》いた。

「そりゃあな。あの黒いのなら、あんたが死んでも、すぐに生き返らせてくれるんだろうけどよ……」

「それも違う。おれは戻ってくるつもりはない」

「あれ、何だよ。死んだら死にっぱなし？」

「そうさ。生き物は普通どんなものでもそうだ」

レティシアがほとほと呆れたような顔になる。

対するリィは何かを思い出しながら、うっすらと微笑して見せた。

「前におまえと雪の中で戦った時……」

「………」

「あの時、おれが考えていたのは……、ルーファのいないところでは死ねない――ルーファの知らないところで死ぬわけにはいかない、それだけだった」

「………」

「今は違う。同じ星の上にいる。――だからいい。ここならかまわないんだ」

「あんたそれ、本気で言ってんのか？」

レティシアの声は呆れるのを通り越して苛立ちが強くなったが、リィもがらりと調子を変えた。

「おまえのほうこそどうなんだ？」

金色の獣がその毛並みをさわりと逆立てている。

その眼を爛々《らんらん》と光らせ始めている。

「おれを利用しようとする気が少しもなかったとは言わせないぞ。おまえにはこの連中がちょっかいを出してくることがわかっていたはずだ。こいつらをわざとおれにぶつけようとしただろう？」

「………」

「こんな連中には吐き気がするが、おまえが先だ。どんな筋書きを立てていたか知らないが、おまえの思惑通りに動いてやる気はないからな」

厳しい声で言われて、レティシアは降参の意味で両手を揚げてみせた。

「わかったよ。――悪かったって。まさかあんたがおとなしく捕まるなんて思わなかったんだよ」

リィはそれでも視線を緩めない。

レティシアは、それこそ愛する恋人に許しを請う男のように一生懸命に訴えた。

「あんたを嵌《は》めたわけでもない。ただ、あんたなら何とかしてくれるんじゃないかと思ったのは本当だ。俺にはどうしていいかわからなかったんだよ」

「わからない？　そんなはずがあるか」

「言っただろう。定住者をやるのは初めてだって。今までなら後始末をどうするかなんて考えなくてもよかったんだが、この状況じゃあそうはいかない。騒ぎを起こすのはまずい、捕まるのは論外となると、王妃さん――俺は真剣に困ってるんだよ。いったいこのごたごたをどう片づけたらいい？」

　真面目に言われて、リィのほうが呆れてしまった。

「おれに訊くなよ、そんなこと……」

　定住者の鉄則は、自分に嫌疑の眼が向けられないようにすること、そのための材料を与えないことだ。

　今までやったことのないそうした『隠蔽工作』をどうすべきか悩んでいるとこの男は言うのである。

「いろいろと考えてはいるんだ。舞台を降りる――一度ここから逃げるって意味だが、そうすると後が続かなくってな」

「おまえが逃げる必要はないだろう。どう考えてもこの連中の度しがたい研究熱心が全部の原因なんだ。このふざけた連中に責任を取らせればいい」

「そりゃまあ、それが妥当ではあるけどよ……」

　二人が話していると、デュークが予備の手術着をレティシアに差し出した。

「さあ、レット。きみの分だ」

　レティシアはその手術着とリィの顔を見比べると、細い肩をすくめてみせた。

「やっぱ、やめとくわ。一人だけ生き残っても意味ねえしな」

　さぞかし顔色を変えるかと思いきや、デュークは落ち着き払っていた。レティシアの言葉を予期していたような笑みを浮かべて、不気味に言った。

「残念だよ。だが、ぼくたちはそれでもかまわない。実験材料が増えればニコラも喜ぶからな」

「そりゃあどうも恐れ入ると言いたいところだが、

おまえ最初からそのつもりだったんじゃないのか。俺を仲間にする気なんかなくて、単に目障りだから片づけようとしただけなんじゃないのかい」

　リィが尋ねる。

「おまえの何が目障りだって言うんだ？」

「そりゃあ俺のほうが実習で成績がよかったからさ。少しでも自分の前にいる奴は目障りなんだろうよ」

　リィは配管に座ったまま、縛られた片手に器用に顎を落とし、わざとらしく眼を見張ってみせた。

「呆れたもんだ。馬鹿もそうなると笑えないな」

　ここまでくると少年たちとジェイソンはともかく、他の男たちは捕らえた捕虜の様子が尋常《じんじょう》ではないことにさすがに気づいていた。

　ブライアンが低い声で訊く。

「ジェイソン。おまえ、ずっとこの子どもについていたのか？」

「冗談じゃねえ。こんなとこに何時間もいられるか。マックに任せて飯を食いに行ったよ」

　マックとは警護用の厳つい自動機械のことだった。

　ギルバートがその機械に問いかける。

「この子どもはここから逃げようとしたか？」

「いいえ、ご主人さま。護衛対象は、室内でずっと、安静にしておられました」

　自動機械は人間に危害を加えることはできない。従って、捕らえた人間を逃がすなという命令なら拒否して受けつけない。

　しかし、この相手の命と安全を守るために部屋の外へ出してはならぬと指示すれば、機械の悲しさだ。

　忠実に命令を守る。

「助けを求めたり、叫んだり泣いたりしたか？」

「いいえ、ご主人さま」

　ますますもって尋常ではない。

　だが、男たちがその意味を理解する前に、リィが笑って言った。

「ところで、おまえたちはおれを解剖するらしいが、その様子も今までみたいに録画するのかな？」

「録画⁉」

レティシアが眼を剝《む》いた。こいつらそこまで馬鹿なのかという思いを如実《にょじつ》に表した表情だった。

一方、デューク以外の少年たちは顔を見合わせ、デュークも意外そうに尋ねたのである。

「もちろん、記録は常に残さなければならないが、どうしてそれを知っている？」

「この男が話していたからさ。――車の中で」

今度はリィに視線を向けられたジェイソンが眼を剝いて喚《わめ》いた。

「ふざけんじゃねえぞ。てめえ、薬でずっと眠っていただろうが！」

ニコラがリィを誘い出して言葉巧みに車に乗せ、待ちかまえていたジェイソンが布に含ませた麻酔を嗅《か》がせ、意識を失ったリィをこの倉庫に運び込み、マックに見張らせたのだ。

走行中の話を聞かれるはずはないとジェイソンは侮りきっていたのだろうが、リィは鼻で笑った。

「吸い込まない薬が効くもんかよ。――おもしろいことをしゃべってたな。小僧《がき》どもの乱行《らんぎょう》の証拠がばっちり残っている。複写《コピー》も取った。これをネタに小僧どもの親父を強請《ゆす》ってやれば相当の金を出すに違いないって。あれは誰と話してたんだ？」

「黙れ！」

ジェイソンは殺気を籠《こ》めて刃物を振り上げたが、ダグラスのほうが速かった。

銃口を向けられたジェイソンの顔に冷や汗が滲む。

「おい、よせよ。冗談だろう？」

両手を上げながらぎこちない笑みを浮かべたが、ダグラスは微塵《みじん》も表情を変えなかった。

ブライアンに眼を移して言った。

「おまえか？」

「いいや、俺は強請《ゆすり》などやらない」

その口調は言い訳ではない。

ダグラスは瞬時にそう判断すると、ジェイソンに視線を当てながら同僚に向かって言った。

「ギルバート。こいつの車を調べろ。複写を持っているかもしれん」

ジェイソンの顔が真っ赤に歪んだ。

この分だとダグラスの指摘は的を射ていたらしい。

言い逃れはできないと思ったのか、破れかぶれで内懐から銃を引き抜いた。

意外な素早さだったが、最初から銃を構えている相手に通用するわけがない。

「ぎゃあっ！」

ジェイソンの悲鳴が上がり、血が飛び散った。

ダグラスに右肩を撃ち抜かれたのだ。

少年たちがぎょっとして、慌ててジェイソンから飛び離れる。

何人も切り刻んでおきながら、今さら血と悲鳴に驚くのもおかしな話だが、無理もなかった。

彼らは今まで意識のない相手にしか刃物を入れたことがないのだ。

そこに至るまでの過程《プロセス》も男たちが失業者を捕らえ、自動機械が麻酔をかけて眠らせている。少年たちは既に手術台に横たわった、何の抵抗もしない、何の反応も返さない、まさに生きた人形のような犠牲者だけを殺害してきたのである。

初めて『命ある』人間の反応を目の当たりにして咄嗟《とっさ》に対応できなかったのだ。

デュークがそんな仲間たちを叱り飛ばした。

「狼狽《うろた》えるな！　実際の医療現場ではこんなことは日常茶飯事《さはんじ》なんだぞ！」

レティシアがのんびりと言った。

「そうとも。格好の実験材料ができたじゃねえか。まずそいつから手術台に乗せたらどうだい」

「……その通りだ。さっさとしろ！」

デュークの怒声を浴びて、マック以外の医療用の自動機械が動き出した。

レティシアが冷笑する。

「肝心なところは機械任せってわけか。その分だと麻酔も自分ではやってねえな。相手が眠ってからでないと何もできないってわけかい」

図星を指されたデュークがレティシアを睨《にら》みつけ、傲然と言った。

「黙っていてもらおう。どうせすぐにきみの番だ」

走って逃げようとしたジェイソンの足を、今度はギルバートが撃ち抜いた。

ジェイソンは悲鳴を上げて倒れ、それでも諦《あきら》めず、泡を吹きながら激しくもがいたのである。

「ち、ちくしょう！　てめえら！　ちくしょう！　許さねえ！　許さねえぞ！」

少年たちはますます怯《ひる》んだが、彼らが感じているもっとも強い感情は恐怖ではなかった。

全員が嫌悪感に顔を歪めている。

同時に何とも白けた表情でいる。

人の痛みは所詮他人事《ひとごと》ということだ。

ブラッドが苛々しながら言った。

「何をやってるんだ。早くそいつを黙らせろ」

医療用の自動機械は言われる前に動いていた。

傷ついて苦しがっている人間を放置したりしたら服務規定に反するのだ。怪我人にしきりと話しかけ、落ちつかせようとした。

「お静かに、安静に、してください。今、手術台に、お連れします」

だが、その手術台が自分を治療するものではなく殺すものだと知っているジェイソンはさらに絶叫し、怪我人とは思えない勢いで暴れている。

少年たちが手を出しかねている中、レティシアは至って普通の口調でダグラスに話しかけた。

「あんたたち、どういうお仲間なんだい？」

「…………」

「今の俺が言うのも何だけどよ。こんな小僧どもに使われてる理由は金か？　それとも、何か弱みでも握られてるのか？」

ダグラスはぼそりと答えた。

「どちらでもない」

ギルバートも重い口を開く。

「俺たちは皆、ガンドック帰還兵だ」

それでわかるはずと言わんばかりの口調だったが、レティシアは首を捻《ひね》った。

「あいにく世界情勢には詳しくなくてね。そいつは志願か、それとも強制か？」

「傭兵《ようへい》部隊だ」

「だったらそれは帰還兵とは言わないんじゃねえの。好きで戦争しに行ったわけだからさ」

男たちはレティシアの軽薄な口調に怒るでもなく、無表情に言ってきた。

「知らない者には好きなことが言える」

「おまえも、年の割には多少場慣れているようだが、おまえのような子どもには想像もできない場所だ。俺たちはそこで地獄を見てきた」

ブライアンも憂鬱《ゆううつ》な口調で二人に同調した。

「戦地から戻ってみれば、どこもかしこも生ぬるい平和だけが満ちていた。それ以来、俺たちはずっと味気ない退屈の中に置き去りにされている」

レティシアは軽い驚きに眼を見張った。

「まるっきり、どっかの誰かさんみたいな台詞《せりふ》だな。――けどまあ、そういうことなら話は早いか」

後半は低く呟き、レティシアはリィを振り返って、にっこり笑った。

「ありがとうよ、王妃さん。助かったぜ」

リィは曖昧《あいまい》に肩をすくめただけだった。どう助かったかはあまり考えたくないからである。

自動機械はようやく暴れるジェイソンを捕まえて、彼らなりに『丁重に』手術台へ運んでいた。しかし、その間もジェイソンはひっきりなしに叫んでいる。

こうなると、自動機械の動きも鈍かった。

自動機械は基本的に医師の指示に従うものだが、患者の声にも反応するようにつくられている。

重傷の患者が半狂乱で『やめろ！』『離せ！』と絶叫しながらもがいているのだ。

患者を興奮させてはならないというのは基本中の

基本である。

その上、この手術台は本当にただの台で、患者を拘束するような用意はない。

「早く！　早くおとなしくさせろよ！」

アンディはブラッド以上に苛々した様子だったが、やはり自分から動こうとはしない。手を出そうにもどうしたらいいのかわからないのだ。

そこへレティシアが割り込んだ。

「どきな。俺がやってやるよ」

「勝手なことをするな！」

「そっちこそ勝手を言うんじゃねえよ。おまえたち、俺に人殺しをさせたかったんだろう？」

医療機械が常備している粘着テープを取り上げて、レティシアは死に物狂いで暴れているジェイソンの鳩尾《みぞおち》に一発、拳《こぶし》をお見舞いした。

軽く突いただけの仕種に見えたのに、それだけでジェイソンは意識を失っておとなしくなった。

レティシアはジェイソンの両腕を広げさせ、その手首を手術台の足にてきぱきと縛りつけていく。

何気なくデュークに向かって声を掛けた。

「おまえ、どうして人を殺してはいけないのかって、さっき訊いたよな？」

「ああ。言った」

「それじゃあ訊くが、どうしてフットボールは手を使わないのかって訊かれたら、どう答える？」

「何だって？」

唐突な質問を処理できず、訊き返したデュークに、レティシアは真面目に繰り返した。

「どうしてフットボールは手を使わないんだ？」

「馬鹿なことを……。それがフットボールだからに決まっているだろう」

「そうだよな？　だったら『どうして人を殺してはいけないのか』――この答えだってわかるだろうが。それがおまえの社会なんだとしか言いようがない」

両手を固定すると、今度は足に取りかかった。

「フットボールの選手は試合中に手を使おうなんて

思わない。『そんな一方的なルールは納得できない、ちゃんと説明しろ』なんて駄々をこねたりもしない。そんなことをしたら自分が盛大に非難されるだけだ。言うのも馬鹿馬鹿しいと思ってるだろうな」

「………」

「既にできあがっているルールが気に入らないなら、何も無理につきあうことはない。それが認められるところで暮らせばいい。そこの兄さんたちみたいに傭兵部隊に入るとかな。そうすれば存分に殺せるし、誰からも文句は言われない。給料だってもらえるぜ。だけど、おまえにはその気はない。そうしようとも思わない。結局、誰かがつくった決まりに従うのはつまらない、自分の手でその決まりを壊したい――それだけってわけだろう？」

　からかうような眼をデュークに向ける。

「けどなあ、フットボールの選手はあくどい反則をやったら退場を食らうんだぜ。なかなか試合場には戻れない。運良く戻れても観客の眼は厳しいからな。『見ろ、あれが馬鹿な反則をやった選手だぞ』って後ろ指を指されるはめになる。その汚点を帳消しにするには以前の倍も三倍も活躍して、結果を出して、自分を見ている観客に認めてもらわなきゃならない。おまえ、それだけの覚悟があってやってんのか？」

　デュークは端整な顔に歪んだ笑いを浮かべると、気味の悪い猫なで声で答えてきた。

「心配してくれてありがとう。感謝するよ。しかし、その気遣いは的外れと言うほかないな。ぼくたちは決して退場処分になどならないからね」

「親の七光りでか？　ありがたいねえ」

話を続けながらもレティシアは手を休めなかった。足を縛ってしまうと、意識を失ったジェイソンの衣服をはだけて腹部を剝き出しにする。

　ブラッドがここでようやく気を取り直して進み出、レティシアを押しのけようとした。

「そこまででいい。代われよ。早く麻酔を……」

「いらねえよ」

穏やかに言ったレティシアの手にはいつの間にか外科用の刃物が握られている。

眼にも止まらぬ速さでその刃物が一閃《いっせん》した。

次の瞬間、ジェイソンの腹部がぱっくりと割《さ》け、激しい出血とともに内臓が飛び出した。

麻酔をかけられていたわけではないジェイソンは凄《すさ》まじい絶叫を発したのである。

手術台のすぐ傍にいたアンディとブラッドも何が起きたかわからなかった。それほどの早業だった。

噴き出した鮮血は二人の手術着を真っ赤に染め、顔にまで飛び散った。

二人とも顔面はまだ覆っていなかった。生ぬるい血をもろに顔に浴びて、悲鳴を上げて飛びすさった。

「わあっ！」

「汚い！」

「いちいち騒ぐなよ。斬りゃあ血が出るのは当たり前だろう」

そう言うレティシアは斬った張本人にも拘《かかわ》らず、どこにも返り血を浴びていない。

「馬鹿やろう！　だから麻酔をかけろって！」

ブラッドはそれ以上言えなかった。

いつの間にか前に回ったレティシアは別の刃物ですくいあげるようにブラッドの左上腕を斬ったのだ。

ブラッドの顔が激痛に歪む。

何をする！　と言おうとした時には、抉《えぐ》るように脇腹を斬られていた。

「う……」

呻いたブラッドが血を噴き出しながらがっくりと床に頽《くずお》れる。

レティシアはさらに新たな刃物を使い、棒立ちに突っ立っていたアンディの頬を浅く斬った。甲高い悲鳴を上げて顔を押さえたアンディの今度は胸から脇を深く斬り払う。

二人が沈んだ血の海の中に二本の凶器を落として、レティシアは小さく呟いた。

「ここでは使った刃物が一緒なら斬った奴も一緒。

あの女医さんはいいことを教えてくれたよ」

デュークもマットもニコラも、三人の男たちも、そしてリィも、この恐るべき手際には眼を見張った。ジェイソンが斬られてからブラッドとアンディが倒れるまで、それこそあっという間だった。

瞬く間と言うには短いが、何が起こったかを認識できるほど長くはない。気づいた時にはブラッドとアンディは血まみれになって倒れていたのである。

「楽しいか、これ？」

レティシアは笑いながらデュークに話しかけた。

「俺はあんまり楽しいと思えないんだ。簡単すぎてつまんねえんだよ」

「ダグラス！」

デュークの悲鳴より先にダグラスはレティシアを撃っていた。が、レティシアのほうが速かった。

棒立ちに立ちつくしていたマットの太った身体を捕まえて盾《たて》にしたのだ。

その動きがあまりに素早くて、ダグラスのほうは勢いがついていて、狙いを変える暇がなかった。

マットは立て続けに三発食らって即死した。

ダグラスのみならず、ギルバートもブライアンも銃を構えたが、その時にはレティシアはいない。

倉庫の中に点在するコンテナやがらくたに隠れて、巧妙に姿を消したのだ。

実戦経験を持つ三人は取り乱しはしなかったが、この動きに感心し、気配が掴《つか》めないことを訝しんだ。

先程の手際と言い、自分たちに位置を掴ませないことといい――。

「なるほど……」

「素人ではない、か……」

これを聞きつけたリィが低く笑った。

「どっちが素人なんだかな」

男たちがいっせいにリィを睨みつける。

目の前で人が三人、血まみれになって死んだのに、男とも思えないきれいな少年は落ち着き払っている。

座った足を組み直して、悪戯っぽく笑って言った。

「あの男が何なのか、自分たちに比べてどのくらい優れているのか、全然気づかずに戦おうとしている。これを素人と言わずしてなんて言うんだ？」

姿の見えないレティシアの声が割り込んだ。

「まったく、喧嘩《けんか》にもなりゃしねえよ」

ダグラスとブライアンが振り向きざま撃ったが、レティシアはそこにはいない。

代わりに何台かの自動機械に命中した。

ギルバートが配管に座ったリィに大股《おおまた》に近づき、金色の頭に銃を突きつけた。

「出てこい」

この台詞は無論、リィに向けたものではない。

「出てこないと、こいつを殺――！」

ギルバートが声にならない悲鳴を発した。

よろけて蹲《うずくま》り、俯《うつぶ》せに倒れ伏したギルバートの身体の下からみるみる血が滲んでくる。

ダグラスとブライアンはその前に微かな発射音を聞きつけていた。咄嗟に顔を見合わせた。

今のはダグラスが撃ったわけでも、ブライアンが撃ったわけでもない。

もちろんリィは座ったまま何もしていない。

となればレティシアが撃ったに決まっている。

「ブライアン⁉」

「そんなはずはない！」

二人の顔色が変わっている。

当然だ。今のはどこから撃ってきたのか、まるで見えなかった。何よりボディ・チェックをした際、銃を持っていないことは確認済みだ。

その時、ブライアンはあることに気がついた。

ジェイソンは右肩を撃たれて拳銃を取り落とした――床に転がったはずのその銃がない。

いつの間にかなくなっている。

ダグラスもそれに気づいて、表情を引き締めた。

あの少年は明らかに人を殺し慣れている。

それが飛び道具を持っている。

厄介なことになった。

油断すれば自分たちまでやられることになる。倉庫の中は得体の知れない緊張に満ちて、しんと静まり返った。

リィは依然として配管に腰を下ろしたまま動かず、ニコラは為す術《すべ》もなく立ちつくしている。

その緊張を破ったのは意外にもデュークだった。自動機械に駆け寄って、わななく手で刃物を摑み、リィの腕を捕まえると、その首に刃物を突きつけて叫んだのだ。

「武器を捨てろ！　この子を殺すぞ！」

倉庫のどこかでレティシアの笑い声がした。

「王妃さん。悪い。そいつは自分で何とかしてくれ。——後で使うから傷《いた》めないでくれよ」

その声に向かってダグラスとブライアンがまたも一斉に銃弾を浴びせる。

「勝手なことを……」

舌打ちしながら、リィは縛られた手でデュークの手首を握り返した。

小さな爪《つめ》にマニキュアを塗った手だが、その力はデュークの比ではない。

「うっ……！」

到底刃物を握っていられずに、デュークはそれを取り落とした。

痛みを堪えながら自由のきく手で殴ろうとしたが、手首を縛られたリィはその手も難なく捕まえた。

「くそっ！」

苦し紛《まぎ》れにリィを蹴ろうとして片足を振り上げる。

途端、リィはぱっと手を放した。

「わあっ！」

デュークが体勢を崩して倒れ掛ける。

リィは立ち上がるなりその右腕を摑んだ。さらに今まで座っていた配管にデュークの身体を押しつけ、右手を後ろ手に捻り上げて拘束した。

配管に顔を押しつけられてしまったデュークにはこの展開が信じられなかったらしい。

デュークは同年代の中では体格のいい少年である。

　それなのに、いくつも年下の少女のような少年に、しかもその少年は手首を縛られているのに、完全に押さえ込まれて動きが取れないのだ。

　必死にもがきながら叫んだ。

「放せ！　何をする！　放せよ！」

　不自由な手でデュークを押さえ込んだリィは鼻で笑った。

「おまえ、自分が何を言ってるかわかってるのか？　人を誘拐《ゆうかい》して監禁して殺そうとまでしておきながら、寝言を言うにもほどがあるぞ」

　言いながら、リィは誘拐の実行犯に眼をやった。

　緑の視線に貫かれたニコラが小さな悲鳴を上げる。

　震える足を懸命に動かして外へ逃げようとしたが、駆け出した途端、その足を撃ち抜かれた。

「ああっ！」

　ニコラは血の噴き出した左の太股を押さえて倒れ、またどこかでレティシアの声がした。

「じっとしてろ。おまえにもまだ用があるんだよ」

　ダグラスとブライアンがすかさず声のしたほうを撃つが、コンテナや壁を撃ち抜いたのみだった。

　同士討ちを避けるため、二人は常に互いの位置を確認しながらコンテナの間を慎重に探していったが、レティシアの姿はない。

　二人の表情に焦燥《しょうそう》の色が濃くなった。

　いくら広い倉庫と言っても限りがある。まして、これだけ雑多な物が散乱しているのだ。

　二人の眼から逃げようとすれば物音を立てずにはいられないはずなのに、足音はおろか気配もしない。

「外へ逃げたか？」

「いや、それなら通用口が開くはずだ」

　こうなったら金髪の少年を押さえるべきと判断し、二人は銃を構えつつ、用心しながら奥まで戻った。

「気をつけろ」

　ブライアンは前を歩くダグラスに声を掛けたが、その時だ。何かがブライアンの背後から飛んできて、ダグラスの項《うなじ》に命中した。

銃口から発射されたエネルギー弾ではない。

倒れるダグラスの首に何かが突き立っているのをブライアンは確かに見た。

銀色に光る外科用刃物の柄《え》だ。

ブライアンは振り返るなり立て続けに撃ったが、そこには誰もいない。

総身に冷や汗を滲ませながら、ブライアンは再び、ダグラスのほうへ視線を戻した。

目の前にレティシアが立っていた。しかも手にダグラスの銃を持っている。

ブライアンは我が眼を疑った。馬鹿なと思った。

背後から飛んできた刃物によってダグラスが倒れ、反射的に後ろを振り返ったブライアンが再び視線を戻すまで数秒とかかっていない。

これは本当に現実かと疑った。

その分、わずかに反応が遅れた。といっても時間にして一秒もなかっただろう。

しかし、この死神には充分すぎる時間だった。

「ぐっ……！」

最初の一撃でブライアンは銃をはじき飛ばされ、腹に二発食らって倒れ込んだ。

朦朧《もうろう》とする意識の中で、ブライアンは懸命に銃に手を伸ばしたが、レティシアがその銃を取り上げてブライアンの傍にしゃがみ、やんわりと話しかけた。

「すまねえな。苦しませて」

真正面から撃ったのだ。心臓を狙って即死させることもできたのに、わざとやらなかったのだ。

「一発で送ってやりたかったんだが、あんたに即死されると、ちょっと困るんだよ」

ブライアンは浅い呼吸を繰り返している。即死を免れたとはいえ、既に時間の問題だった。

「けど、よかったな。これで退屈から解放されるぜ」

レティシアの口調はあくまで優しかった。

その声が聞こえたかどうか、ブライアンは最後にうっすらと微笑して眼を閉じた。

ブライアンが絶息するのを見届けたレティシアが

立ち上がった時、倉庫にはまさに死が満ちていた。

連続殺人犯とその共犯者の中で生きているのは、足を怪我して動けないニコラと、リィに拘束されたデュークの二人だけである。

レティシアはブライアンとダグラスの銃を使って、倉庫内にある自動機械を片っ端から壊していった。

人工知能である自動機械は証人にはならないが、何が起こったかを話すことはできる。

その自動機械の『口を封じる』と同時に、ここで銃撃戦が行われたと見せかける意味もあった。

そのためにギルバートの銃も使って撃ちまくり、きれいに拭《ぬぐ》って元通り持ち主の手に握らせた。

ダグラスの銃も同じようにする。

ジェイソンの銃だけは手術台にくくりつけられた死体に握らせた後、最初に拾った場所に落とした。

そうして、ブライアンの銃だけを持って、ただし背中に隠した上でリィのところへ戻ったのである。

一番最初にジェイソンを斬ってからブライアンを殺害するまでに要した時間はおよそ五分。

その後の隠蔽《いんぺい》工作を終えるまでの時間を足しても、十五分とかかってはいないだろう。

それだけのことをやってのけながらレティシアは息も切らしていなかった。

しかも、まったく返り血を浴びていない。

常識では考えられない――ありえないことだった。

特に最初のジェイソンに関しては、レティシアはわざと多量の血が噴き出すようにして斬っている。

その証拠にブラッドとアンディは血まみれなのに、実際に斬ったレティシアは顔にも衣服にも、一滴の血も浴びていないのだ。

さすがにリィも感嘆したような眼でレティシアを眺めていた。

こんな真似は自分にもできないと思うと同時に、いったいどれだけの凄惨《せいさん》な修練を積めばこの神業《かみわざ》に至るのかとも考えた。

「あれだけ殺して、きれいなもんだな」

「当たり前だろう。俺は玄人《くろうと》だぜ。昼日中《ひるひなか》の仕事も少なくないのに、血まみれで街中を歩けるもんかい。怪しんでくれって言ってるようなもんじゃねえか」

もっともな話である。

「俺たちが最初に覚えるのは血を流さない、悲鳴を上げさせない殺し方だ。突き刺したり絞めたりのな。そうして場数を踏むうちに自然と返り血を浴びない方法を覚えるもんさ。本当は着替えるのが理想だが、なかなかそう都合よくはいかないからな」

リィに押さえつけられているデュークが真っ青な顔で震えている。無駄なあがきと知りながら必死に逃《のが》れようともがいたが、もちろんびくともしない。

「いいぜ、それ。放しても」

レティシアがそう言うのを待ってリィは手を放し、やっと解放されたデュークは慌てて立ち上がった。

「ま、待て。なあ……待ってくれよ！」

引きつった顔に笑みを浮かべようとしているが、声がうわずっているのは隠しようもない。

「き、きみの腕前はよくわかったよ。わかったから、これからはぼくがきみの協力者になろうじゃないか。そう……そのほうがきみにとっても損のない話だぞ。きみの『仕事』に必要なものは何でも揃えられる。父にはそれだけの力があるんだ」

命乞いではなく、相手の利に訴えようとするのが、この少年の性質を如実に表している。よほど父親の名前や財力に自信があるのだろうが、レティシアは疲れたように笑い返した。

「さっきの話の続きだけどな。俺はここで真面目にフットボールをやるつもりなんだ。それを『なんで手を使っちゃいけないんだ』なんてふざけたことを言う奴に邪魔されるのは迷惑なんだよ」

リィが横から口を挟んだ。

「おれのことか、それ？」

「あんたは上手に観客をやってるじゃねえか。俺がすぐ近くにいても知らんふりをしてくれてるしさ」

「そりゃあ、そんなのはお互い様《さま》だろう」

「そうさ。だから玄人はありがたいんだ。いちいち口に出さなくても、暗黙の了解ってやつ？　それが通じる。ところが素人には通じない。人の縄張りを引っかき回しておきながら、何がいけないのかって平然とぬかしやがる」

　話しながらもレティシアは立ち止まらなかった。時々思い出したように二、三歩、足を動かしては位置を変えている。

　立ち話をする時には珍しくない動作に見えたが、絶対近づきたくないデュークは無意識に足を動かし、自然とレティシアを避けるように移動していた。

　いつの間にか、デュークは、倒れたブライアンとレティシアのちょうど中間、しかも一直線に重なる位置に『立たされて』いたのである。

「おまえは俺の正体に気づいたって言うが、違うね。おまえみたいな素人に気取《けど》られるほど俺は鈍《なま》っちゃいねえからな。おまえはただ、自分より成績のいい奴が目障りだっただけだ。そのために使った口実がどんぴしゃりだったのは笑えるけどな」

　苦笑しながら両手を広げてみせる。

　何も持っていないことを充分に印象づけておいて、レティシアはデュークの顔をじっくりと覗き込み、やんわりと笑いかけた。

「余計な真似をしなけりゃよかったのにな。そこが素人の悲しさだ。自分が殺される羽目になるなんて考えてもいなかったんだろう」

　デュークが息を呑んだ。

　彼は今日までレティシアのことを背丈も小さくて軽い感じのする、与《くみ》しやすい相手と思っていた。

　だが、今、その笑顔の陰に毒を含んだ牙が見える。

　本能的な恐怖がデュークを襲った。反射的に背を向けて逃げ出そうとした。

　その途端、レティシアの身体が沈んだ。

　床すれすれから撃った銃弾はあっさりデュークの後頭部を撃ち抜いていたのである。

　デュークの死に顔を目の当たりにして、ニコラは声にならない悲鳴を発した。極限まで眼を見張り、コンテナに背中を押しつけて大きく喘《あえ》いだ。

一方、リィは不思議そうに首を傾げていた。

「どうしてわざわざ下から撃つんだ？」

「あの男が倒れながら撃ったっていう設定だからさ。立ったまま撃ったら角度がおかしくなる」

「そこまで考えるか？」

「あんたがおおざっぱすぎるんだ。こっちの鑑識もその違いくらいは気がつくだろうぜ」

銃の指紋を拭って元通りブライアンに握らせると、ただ一人生き残ったニコラの傍にしゃがみこんで、レティシアはにっこり笑った。

「さあて、ニコラ。待たせたな。ちょっと真面目な話をしようか」

ニコラは既に顔面蒼白《そうはく》である。逃げようにも足が動かない。歯の根も合わない有様だった。

がたがた震えながら、やっとのことで言った。

「た、助けて……」

「その命乞いを聞いてやる義理は俺にはないんだぜ。そのくらいはおまえの頭でもわかるよな？　人よりちょっと成績がいいからって命を狙われるんじゃあ、たまったもんじゃねえよ」

ニコラはますます青くなった。

狙ったのはぼくじゃない！　と叫ぼうとしたが、レティシアがそれを遮《さえぎ》った。

「けどまあ、俺の言うことが聞けるなら、殺すのはやめといてやってもいいぜ」

ニコラは驚きに息を呑み、すがりつくような眼でレティシアを見上げてきた。

「あの連続殺人をやったのはデュークたちですって、警察に聞かれたらおまえの口からちゃんと言うんだ。自分は一番年下だったから逆らえなくて、無理やり手伝わされていたってな。実際、おまえはまだ誰も殺してないんだから、そう証言すればおまえが罪に問われることはない。――わかるか？」

ここでリィが驚いたように割り込んだ。

「生かしておくつもりなのか、これを？」

　心底意外だという響きの籠もった口調だった。

「まあね。俺たちが何でここに連れてこられたのか、何でデュークに狙われる羽目になったのか、警察で証言してもらおうと思ってな」

「そんなの、おれたちが自分で言えばいいだろう」

「それだけじゃちょっと弱いような気がするんだよ。まあ、念には念をってとこだな」

「レティー。だめだ」

　リィは意外なほど真剣な顔つきで言った。

「こいつがおまえがやったことを誰かに話したら、そうしたら、今度はおまえが警察に捕まるぞ」

「大丈夫。そんなことにはならねえよ。こいつらが人を殺した証拠はあっても、俺がこいつらを殺した証拠は何もない。俺もあんたも巻き込まれただけの気の毒な被害者なんだぜ。——わかってるな？」

　これはニコラへの問いかけである。

　ニコラはまだ震えながら首を縦に振った。

「デュークは自分より成績のよかった俺が目障りで、俺を始末するために、この王妃さんを呼び出せっておまえに命令し、おまえはデュークに逆らえなくて言われたとおりにした」

「王妃さんはよせってのに……」

「みんなでここに集まって、いざ始めようとしたら、あの男が——手術台でくたばってる奴な。あいつがデュークたちの親を強請ろうとしたことがわかって、ブラッドとアンディがあの男を殺した。ところが、二人の間でも、自分たちのやったことがばれたかもしれないって口論になった。ブラッドとアンディはもともと仲がよくなかったからひどい喧嘩になって、最後には刃物を取り出して殺し合ったって言うんだ。——いいな？」

　顔を引きつらせながらニコラはこくこく頷いた。

「一方、男たちの間でも、誰が裏切り者かでもめて、撃ち合いになった。マットが撃たれて、自分も流れ弾に足を撃たれて、後はどうなったかわからないと。

「──どうだい。これなら辻褄《つじつま》が合うだろう？」

最後はリィに向かっての台詞である。

「確かにこれだけ死体が転がっている以上、警察もそう判断するしかないとは思うが……」

リィはまだ手首を縛られたままだった。不自由なその手で顎を撫でる。

どうしてもニコラが気になるようで、難しい顔で言った。

「念には念をと言うならやっぱり殺しといたほうがよくないか？」

申し分なく美しい金の天使が大真面目に言うのだ。なまじ厳つい男たちに凄みを込めて言われるより遥かに恐ろしかったが、レティシアは首を振った。

「一人くらいは犯人側の証人がいたほうがこっちに有利なんだぜ。俺たちが本当にただの被害者だって警察の皆さんに納得してもらえるからな」

「理屈はわかるが、こいつがおまえのことを警察にしゃべらない保証は？」

「──それは俺が答えることじゃねえな。どうだい、ニコラ。しゃべらない保証は？」

ニコラは竦《すく》み上がった。

まさに生きた心地もしなかったに違いない。

どんなに頭がよくても、まだ十四歳の少年である。目前に迫った恐怖があまりに大きすぎて泣き叫ぶことすらできなかった。呼吸すら止まりそうだった。肺に酸素を送るために必死に喘ぎながら、誰にも言わないと訴えた。

「こんな奴の口約束がどこまで信用できる？」

リィはまだ顔をしかめているが、レティシアにはなぜか余裕があった。

「まあ、いいじゃねえか。それよりあんたのほうが心配だよ」

「おれ？」

「あんただって絶対、事情聴取されるぜ。頼むから滅多なことは言わないでくれよな」

釘を刺されて、リィは考え込んでしまった。

「そうか……どう言えばいいかな？」

「何が何だか全然わからなかった。それで押し通せ。あの男に薬を嗅がされて気を失って、眼が覚めたら俺とデュークが争っていたってな」

「それでいいのか？」

「あんたが下手にしゃべると辻褄が合わなくなる。目の前で二人がもみ合っていて俺が怪我をしたって、そう言ってくれればいい」

「おまえが怪我？」

「これからするのさ」

いつの間にそれだけの数を摑み取っていたのか、レティシアは懐からまた外科用刃物を取り出した。デュークの死体の右手にその刃物を握らせると、さらにその拳を上からしっかり摑む。

そうして死体を相手にちょっとした格闘を演じて、レティシアは自分で自分を斬ったのだ。

とても偽装工作とは思えない、恐ろしく徹底した手つきだった。

顔、肩、腹と、レティシアの身体はたちまち血に染まったのである。

存分に刃物を振るうと、レティシアはデュークの死体を元通り床に横たえて立ち上がった。

途端、激痛が走ったのか、傷ついた腹を押さえて盛大に顔をしかめた。

「おお、痛《いて》え……」

よろめきながらブライアンの身体の傍に跪《ひざまず》いて、血まみれの手で死体を探り、車の鍵を取り上げる。

それからニコラの前まで歩いて行った。

「さっき言ったこと、忘れるなよ」

ニコラはほとんど息をするのも忘れて、その姿を見上げていた。

左頬から血が伝い、ジャケットの右腕は真っ赤に染まり、腹から流れ落ちる血は床にたまっている。

ひどい出血だった。

医学専攻科に通うニコラが、このままでは輸血が必要になると思ったほど深い傷だった。

「返事は？」

とても声が出なかった。

茫然《ぼうぜん》と頷くのが精一杯だった。

「素直ないい子は長生きするぜ。——じゃあ、警察呼んでくるわ」

レティシアはにっこり笑い返すと、リィに断って、不自由な足取りで倉庫の外へ出て行った。

その姿が見えなくなると、今度はリィが動いた。同じようにニコラの前に立ち、厳しい眼で相手を見下ろした。

「あいつが言ったこと、ちゃんと言えるか？」

ニコラはやはり茫然とリィを見上げていた。

昼間に会った時は見たこともないくらいきれいな、花のような美少女だった。

それが今ではかわいげのかけらもない。まったく同じ顔だというのに、何とも恐ろしい猛獣に見える。

「答えろ。本当に言えるのか？」

ニコラは震え上がりながら何度も頷いた。


金色の獣は明らかに信じていない様子で、獰猛に唸っている。

「おれは無抵抗の相手を殺すのは好きじゃないが、それがおまえなら話は別だ。あいつに不利なことを一言でもしゃべったら、おれがおまえを殺す」

「…………」

「いいな？」

念を押して、リィはレティシアの後を追った。

倉庫の外には深い暗闇が広がっていたが、リィの眼は点々と滴る血の跡を見分けることができた。

その先に、一台だけ照明をつけている車がある。

近づいてみると、助けを求める声が聞こえてきた。

「だから……人殺しです！　何人も死んでるんだ！　ここがどこかって……そんなことわかりません！　早く……とにかく早く来てください！　助けて！」

弱々しいながらも必死の叫びである。

こういう芝居気は自分には出せないものなので、リィは素直に感心した。

助手席側から中を覗き込んで声を掛ける。

「すぐに来るって？」

「ああ」

　連絡を終えたレティシアは、ぐったりと運転席にもたれていた。その運転席も血まみれだ。

　縛られた手で器用に助手席に乗り込んで、リィは呆れたように言った。

「何もここまで徹底しなくてもいいだろうに」

「いいや、こういうところで手を抜いちゃいけない。話がおかしくなるからな」

　レティシアの声には力がない。

　呼吸もいかにも苦しげだ。

　その様子が意外で、リィは尋ねていた。

「痛いのか？」

「ああ、痛いね……」

「前は平気そうだったのに？」

「やっぱり、いっぺん死んで生き返ったりしたから、体質変わったんじゃねえの……？」

「おれは単なるやりすぎだと思うぞ」

　そう言うと、リィは縛られた手を伸ばした。

　深く傷ついていても毒蛇は毒蛇である。

　迂闊《うかつ》に触れるのは危険極まりないことだったが、リィはかまわなかった。

　自由の利かない手で血に汚れた髪を撫でてやり、運転席側に少し身を寄せた。

　この手では抱きしめてやるのもままならない。

　そこで腕ごと持ち上げて、両腕の輪の中に金茶の頭を落とし込むようにして、そっと引き寄せた。

「男の胸でよければ貸してやろうか？」

「ありがてえんだか、ありがたくねえんだか……」

　血まみれの顔で笑いながら、レティシアは素直にリィの胸に頭をもたせてきた。

「けどまあ……お言葉に甘えようか。俺、ちょっと気絶するぜ。そのほうが真実味が出るからよ」

「わかった」

　遠くから巡視車《パトカー》のサイレンが聞こえてきた。

# 6

通報を受けて古びた倉庫に駆けつけた警察官は、現場の異様な状況に一人残らず息を呑んだ。

何しろ、そこには手術室のような医療装置が並び、手術台にくくりつけられた男が腹を割《さ》かれて絶命し、他にも銃を持った得体の知れない男たち、手術着を着た学生たち、合わせて八人もが死んでいたのだ。

生存者も三人いた。

みんな十代の少年たちだった。

一人は首や手に擦過傷《さっかしょう》がある程度の軽傷だが、一人は足を撃たれており、もう一人は出血がひどく、意識不明の重傷だった。

彼らはすぐさま病院に運ばれたが、最後の少年に関してはただちに緊急手術が行われた。

そして、手当を受けた少年たちの口から驚くべき事実が語られた。

手術着の少年たちがサンデナンとログ・セールで発生した連続殺人事件の犯人であること、男たちは傭兵《ようへい》崩れの用心棒で、彼らが失業者を拉致《らち》したこと、一人の裏切りによって仲間割れが起きたことなどだ。

足を撃たれたニコラ・ペレリクは、自分も犯行を手伝わされていたのだと蒼白《そうはく》な顔で打ち明けた後、さらに衝撃的な告白をした。

主犯格のデューク・デュプリンは自分より成績のよかった同級生を妬《ねた》んで殺そうとしたこと、しかもその同級生を呼び出すために、その同級生の友達を捕らえて囮《おとり》に使ったことなどだ。

それが他の二人の生存者だというのである。

手を縛られていたヴィッキー・ヴァレンタインは言葉少なに、ニコラの供述を裏付ける証言をした。

一番重傷だったレティシア・ファロットは手術後、意識が回復してから、弱々しい声で供述した。

「まさか、あの事件がデュークの仕業だったなんて思ってもみなかった。倉庫に連れて行かれて初めて知ったんです。だけど何で俺やヴィッキーまで……全然わからなかった。そうしたら仲間割れになって、ブラッドとアンディは刃物を振り回すし、男たちは撃ち合うしで……本当にどうなるかと思った。男の一人はデュークが殺したんです。あいつ……自分のやったことを親父さんに知られたと思って、それですっかり逆上して、ヴィッキーも殺そうとしました。止めようとしたら、俺もデュークに斬られたんです。あの時はもう……本当に生きた心地がしなかった。殺されると思ったけど、そうしたらデュークが突然倒れたんです。俺、一応、医学部に通ってますから、急いで脈を取ったんですけど……死んでました」

　事情聴取に当たった警察官はしきりと頷《うなず》きながら、きみは運がよかったと告げた。

　死んだと思った男が最後の力を振り絞って撃った銃弾がたまたまデュークに当たったのだと。

　レティシアは大きな安堵《あんど》の息を吐いた。

「よかった……。俺が殺したんじゃないかと思って気が気じゃなかったから……デュークには悪いけど、よかった。とにかく、警察を呼ばなきゃって思って、あの倉庫に俺を連れて行った男の車まで戻って……その後のことは覚えてません」

　警察官はもっともだと頷き、あまり気に病まないようにと慰《なぐさ》めの言葉を掛けて聴取を終えた。病床にある彼にこれ以上の負担を掛けるべきではなかったし、その必要もなかった。

　現場の状況は、ことごとく彼らの証言と一致していたからである。

　連邦大学惑星を震撼《しんかん》させた連続殺人事件の犯人が未成年の医学生だったこと、しかもその父親たちは揃って社会的地位のある人物だったこと、特に警察幹部までいたことに捜査当局は大きな衝撃を受けた。

　だが、もっとも大きな衝撃を受けたのは、少年の親たちである。

彼らにしてみれば突然息子を失ったのだ。その上、その息子が連続殺人事件の犯人だったと言われても納得できるはずがない。

そこまでなら親として当然の反応だが、それでは収まらなかった。死んだ四人の両親はこれは犯人の誤認に違いない、自分の息子の犯行だという公表は絶対に許さないと強硬に主張したのだ。

なまじご大層な肩書きや権力を持つ人たちだけに、到底、黙って引き下がるものではない。

特に、現場に居合わせて生き残った生徒がいると知った後は、その生徒のほうが怪しいと臆面《おくめん》もなく言ってのける始末だった。

捜査当局はやむを得ず、極めて異例ではあったが、少年の親たちに状況を説明する場を設けたのである。

「生存者の少年は三人、一人は足を撃たれて動けず、一人は両手を縛られていました。最後の一人は幸い一命を取り留めたものの、保護された時は出血多量、意識不明の重傷でした」

「そして、その少年の血液がミスタ・デュプリンの息子さんの手にした刃物に——無論右手や身体にも、付着していました。息子さんに刃物で斬られた傷は一切なく、後頭部を撃たれて死亡しています」

「これを取っても、その少年が被害者であることは疑いようがありません」

しかし、我が子を失って逆上している親たちにはそんな理屈はわからない。

「しかし、きみ、重傷と言うが、それこそ生存者の少年たちが共謀している可能性はないのかね？」

「あの連続殺人事件も案外その少年たちの犯行かもしれんじゃないか」

「そうですよ。ちゃんと調べたんですか？」

「うちの子がそんなことをするはずがありません」

四人の父親と母親がひとしきり訴えるのを待って、捜査関係者は冷静に言った。

「我々は忠実に職務を果たしています。その結果があなた方の希望と異なるものだったのは残念ですが、事実は事実です」

四組の両親は頑《かたく》なに否定した。

息子たちが連続殺人事件の犯人だということも、息子たちの突然の死もだ。

生存者の少年たちと直接話すから名前を教えろ、会わせろと言い張った。

「申し訳ありませんが、それは許可できません」

「だが、息子は死んだんだ！　一方、その子たちは生きている。何があったか話を聞きたいと思うのは親として当然だろう！」

「そうとも、親の当然の権利でもある！」

そんなはた迷惑な権利を振り回されても困る。

特に、第三区画本部長でもあるブラッドの父親とマットの父親は、なぜ自分たちに断りなく生存者の事情聴取を行ったのか、また何故その結果をすぐに報告しなかったのかと語気を荒らげたが、これにはさすがに捜査関係者も硬い顔で反論した。

「お言葉ですが、あなたがたは被疑者の関係者です。捜査から外れていただくのは当然です」

「誰に向かってものを言っている！」

このままでは埒《らち》があかない。

捜査関係者は最後の手段として、現場の倉庫から回収された記録映像を親たちに見せたのである。

そこに映し出された自分の息子のあまりの所行に、母親たちは我が眼を疑った。

息子を失った悲しみに暮れていた彼女たちは別の意味で泣き崩れ、ほとんど半狂乱になった。

四人の母親のうち二人は意識を失って倒れ、他の二人も激しく取り乱したため、救急隊員が駆けつけ、別室に連れ出した。

残された父親たちは、それまで激高していたのが嘘《うそ》のように青ざめ、唇を震わせてうなだれた。

捜査関係者も沈鬱《ちんうつ》な面持ちで言う。

「お見せすることなく済ませたかったのですが……残念です」

「おわかりでしょうが、あの事件がお子さんたちの犯行であることは疑いようもありません」

「お子さんたちは未成年ということもあり、氏名の公表は差し控えますが、捜査当局には事件の終結を宣言する義務があることをご理解ください」

反論する声はもう聞かれなかった。

三日後、捜査当局はサンデナン及びログ・セール連続殺人事件の犯人が明らかになったと発表した。

「被疑者は十八歳の医学生、他三名。ただし、その全員が既に死亡しております。これによって今回の連続殺人事件は解決したものと判断致します」

報道関係者はいっせいに詳しい説明を求めたが、警察も大学当局も堅く口をつぐんで答えなかった。

こうして、大学惑星を震撼させた連続殺人事件は、被疑者死亡のまま送検という不自然な形で決着した。

一週間後——。

早めに授業を終えたヴァンツァーはヴェリタス州中部の街ユティを訪れていた。

ここには州でもっとも大きな総合病院がある。

広い敷地は花畑や芝生で彩られ、その中に診療棟、研究棟、病棟などが点在している。

どの建物もせいぜい五階建て程度の白亜の造りで、厳《いか》めしい雰囲気はどこにもない。

ヴァンツァーが向かったのは一般病棟だった。

これも一見したところ瀟洒《しょうしゃ》な集合住宅のようなつくりである。白い外壁にふんだんに花が飾られているところも病棟というより住居を思わせた。

さすがに玄関は広く大きくつくってあり、中には天井の高い快適な空間が広がっていた。

明るい窓際にゆったりした長椅子と机が置かれ、そこでくつろぐ入院患者らしき人の姿も見える。

見舞客の姿も多い。

そのために、五階建ての建物には不似合いな数の昇降機が設置されている。

ヴァンツァーは昇降機は使わず、階段へ向かった。

三階まで上がると、ちょうど下りようとしていた人とばったり出くわした。

アネット・ヘッケルだった。

ヘッケルはヴァンツァーを見て少し眼を見張り、曖昧《あいまい》に笑いかけた。

「あなたもお見舞い？」

「ああ」

ヴァンツァーは無言で、おまえもかと尋ね返し、ヘッケルは苦笑しながら頷いた。

「ええ。たった今、お見舞いに行ってきたところよ。彼──意外と元気そうね」

殺したところで死ぬような奴ではない──とは、ヴァンツァーは黙っていた。

「ここで会えてよかったわ。ちょっと、いいかしら。あなたを訪ねようと思っていたところだったのよ」

そこでヴァンツァーは階段を少し戻り、踊り場でヘッケルと向かい合った。

職員も見舞客も昇降機を使うので、階段は本当に非常用の扱いらしい。

通りかかる人はいないが、近くに誰もいないのを確認した上で、ヘッケルは慎重に切り出した。

「あの事件のこと……彼から何か聞いたかしら？」

「いいや、見舞いに来たのも今日が初めてだ」

「意外に冷たいのね」

冗談半分で、軽い非難を込めてヘッケルが言うと、ヴァンツァーは真面目に言い返してきた。

「ここは寮から遠すぎる。通うのは一苦労だ」

どうもこの少年は本気なのか冗談なのか、調子が摑《つか》めない。

「彼がどうして怪我をしたかは知っている？」

「ああ。舎監から説明を受けた。暴漢に襲われたということだったが……」

「あなたは信じていないわね？」

この断定的な質問にヴァンツァーは答えなかった。

話を変えた。

「あの事件は被疑者死亡で解決したそうだな」

「そうよ。学生が四人死んだわ。現場からは彼らの犯行を裏付ける証拠も発見された」

「レティーもそこにいたと聞いたが……」

「ええ」

「それでは、犯人がセム大の学生だというあの噂《うわさ》は間違いではないんだな」

　犯人の氏名は伏せられたが、彼らが在学していたセム大学――特に医学部では事件の真相にうすうす気づいている。

　十代の学生ばかり四人が一度に死亡したとなれば、他に考えようがないからだ。

「そうよ。失業者を狙った連続殺人事件はセム大の医学生四人の仕業だった。彼らがレティシアの命を狙っていたのも間違いない。その意味ではわたしは彼に謝らなくてはならないわね」

　硬い表情で言いながら、ヘッケルは鞄《かばん》から数枚の写真を撮り出した。

「これをどう思う？」

　そこに写っていたのはアンディとブラッドの死体、さらに刃物の突き立ったダグラスの後頭部である。

　ヴァンツァーは黙って写真を眺めていた。

　その表情にはまったく変化がなかったが、やがて苦笑して、写真を返した。

「この間と同じだな。素人《しろうと》の下手な手際だ」

「そう……」

「レティーにも見せたのか？」

「ええ……」

「あいつはなんと言った？」

「あなたと同じよ。下手くそだって」

「では、それでいいだろう」

「本当に、その言葉を信じてもいいのかしら？」

　心許ない口調とは裏腹にヘッケルの眼は鋭かった。

　その眼をまっすぐ見つめながら、ヴァンツァーは逆に問い返した。

「信じられないとしたら、どうする？」

「………」

「おまえはあの事件をレティーの仕業だと言ったが、

それは間違いだった。今度も同じ間違いをしないと何故言える？　誰かに嫌疑を掛けるからにはそれを立証する必要があるはずだぞ」

　もっともな正論である。

　思わず眼を泳がせたヘッケルの背中を推すように、ヴァンツァーは言った。

「探してみるか？」

「えっ？」

「その写真の死体も含めて、現場には多くの物証が残っているはずだ。鑑識の技術を持って調べ直せば、何か新しい事実が出るかもしれないぞ」

　ヘッケルはずいぶん長く沈黙していたが、やがて思い切ったように首を振った。

「いいえ。事件は終わったのよ。第一、わたしには捜査権はない。当局に要請されない限りはね」

「…………」

「あの事件は解決した。犯人は死に、社会の不安は解消された。私的制裁は許せることではないけれど……それはわかっているけれど……」

　ヘッケルの心にも深い葛藤《かっとう》があったのだろう。

だが、彼女は顔を上げてはっきり言った。

「これ以上、誰も死なないのならという条件付きで、それでよしとするつもりよ」

　ヴァンツァーはほとんど初めてヘッケルに向けて、ゆっくりと微笑してみせた。

「賢明な判断だ」

「ただし、これっきりに願いたいわね。同じことは二度と起きて欲しくない」

「同感だ」

　ヴァンツァーも力強く頷いた。

「こうも身辺が騒がしくなるのはかなわないからな。二度と起きないように願っている」

　明るい病室に色とりどりの花が飾られていた。

　机の上には山のような見舞いの品も置かれている。

　重傷のはずのレティシアは寝台に身体を起こして、

携帯端末を操作しながら、にやりと笑ってみせた。

「遅かったじゃねえか」

「俺もそれほど暇ではないからな」

「今そこで、あの女医さんに会わなかったか？」

「ああ、おまえの手《て》を見せられた」

ヴァンツァーはこともなげに言ってのけた。

「あの女医には本当に見分けがつかないらしいな。それでもおまえの仕業だと確信しているようだが、黙認するつもりらしい」

「そりゃあよかった。これ以上首を突っ込まれたら、あの女医さんも黙らせなきゃならないからな」

「物騒なことを言うなよ」

呆《あき》れたような声が割り込んだ。

ちょうど、扉が開いてリィとシェラが入ってきたところだった。

だが、リィはレティシアをたしなめておきながら、自分も恐ろしく物騒なことを言い放った。

「黙らせるなら相手が違うだろう。あいつが先だ」

「ニコラなら平気だって。心配ねえよ」

「どうしてそう言いきれる？」

「もちろん、絶対ってわけじゃないけどな……」

言いながらもレティシアは笑っていた。

「生かしといても害のない奴と、危ない奴ってのは何となくわかるんだよ」

「……そんなもんか？」

「そんなもんさ。押さえるところを押さえちまえば、あいつは案外、扱いやすい奴だと思うぜ。——そのお嬢ちゃんにちょっと似てるかもしれねえな」

これを聞いたシェラが憤然《ふんぜん》となった。

一週間前、負傷したリィから事件の詳細を初めて知らされて、シェラは激怒した。

それ以来、見舞いに来た今日もまだ怒っている。

「怪しい連中に気づいたのなら自分で何とかしろ！　リィを巻き込むな！」

「それに関してはまったく返す言葉がないけどよ、じゃあ、おまえならどうした？」

「そういう時は匿名《とくめい》で警察に通報するんだ！」

「今度の場合はどうかねえ？　何しろ一味の中には警察のお偉いさんのご子息なんてのがいたんだから。取り合ってくれなかったんじゃねえの？」

　ヴァンツァーが頷いた。

「俺も、そう思う」

　そこへひょっこりと、ルウが顔を出した。

　室内に入って来るなり、その場の雰囲気を察して、眼を丸くする。

「どうしたの？　何だか空気が重いねえ」

　リィがため息を吐きながら言った。

「ちょっとな……。見解の相違で揉めてるんだ」

「とりあえず、お茶にしようよ。おいしいお菓子を買ってきたから」

　お菓子と聞いてリィが露骨にいやな顔をしたが、その点、ルウにぬかりはない。

「大丈夫。甘くないのも買ってあるから」

　個室とはいえ、病室に五人もいると座る場所にも一苦労である。

　リィは真っ先に怪我人の寝台に堂々と座り込んだ。

# ジンジャーの復讐

ピート・ブラッグスは記者会見の席に向かう途中、ホテルのロビーで彼の女神を見かけた。

見た以上は黙っていられず、時間が迫っていたが、大喜びで声を掛けた。

「ジンジャー！　来てくれたのかい」

ピートは四十六歳になる。

標準男性より丈は小さく、みっしりと肥えた身体、鳥が巣をかけてもおかしくないもじゃもじゃの頭髪、ぎょろりとした眼など、独特の風貌《ふうぼう》の持ち主だった。

身なりにもまったく無頓着で、普段はよれよれのシャツに半ズボンでどこへでも乗り込んでいく。

しかし、今日の会見は惑星ユリウスでも超一流のホテルで行われる。

慣れない背広に袖《そで》を通してきたもののネクタイは締めておらず、足下は運動靴だ。

このことからもわかるようにかなりの変人だが、彼は映画界屈指の才能と言われる名監督でもあった。

そのピートが女神と崇《あが》めるジンジャーと言えば、共和宇宙映画界に隠れもない大女優のジンジャー・ブレッドに決まっている。

今日のジンジャーは木綿《もめん》のシャツにスラックスと、至って楽な服装だったが、その美しさはいささかも損なわれてはいなかった。

ほとんど化粧もしていないのに、ホテルの豪華な内装にも負けない圧倒的な存在感を放っている。

ドナテッラ・ホテルは格式が高く、客を厳選することでも知られている。無遠慮に彼女に声を掛ける人はいなかったが、家族向けの大衆ホテルだったらたちまち取り囲まれていたに違いない。

「きみに同席してもらえたら最高の宣伝になるのに残念だよ。この後の予定はどうなってる？　空《あ》いているなら食事でもどうだい」

子どものようにはしゃぐピートを、ジンジャーはいつものように微笑みながら見つめていたが、急にその笑みを消して言った。

「わたし、降りるわね」

「えっ？」

唐突な言葉がピートには理解できなかった。もじゃもじゃの頭を傾《かし》げて問いかけた。

「何のことだい？」

「わたしは女優よ。降りると言ったら役に決まっているでしょう」

「だから、どの役のことなんだい？」

ジンジャーは答えなかった。

菫《すみれ》の瞳に何とも言えない表情を浮かべてピートを見つめてきた。

ピートの大きな眼がさらに大きくなり、ついには顔からこぼれ落ちそうになるまで見開かれた。

「冗談だろう？　まさか……まさか『レベッカ』のことを言っているんじゃないだろう⁉」

「ごめんなさい」

「ぼくが何でこんな格好をしているか……知らないわけじゃないだろう。今日これから『レベッカ』の制作発表会見なんだよ！」

「だから来たのよ。エージェントから連絡を入れるだけでは不十分だと、わたしの口からあなたに直接伝えなくてはと思ったから」

「テッドは⁉　ラスは知ってるのか‼」

テッド・ウォーカーは超大物と言われる制作者《プロデューサー》、ラス・コロンバインは映画制作会社の社長である。

「いいえ。彼らにはあなたから話してくれるかしら。次の予定があるの。わたしはもう行かなきゃ……」

「待ってくれ！」

人目も憚《はばか》らずにピートは大声を発し、無我夢中でジンジャーの肩を摑《つか》んだ。

「あれはきみの役なんだ！　きみにしかできない！　きみ以外の誰にレベッカが演じられると言うんだ⁉

そんなレベッカはもうレベッカじゃなくなるぞ！」

「言われるまでもないわ」

ジンジャーの表情が一気に険《けわ》しくなった。

その視線だけで、自分の肩を掴んだピートの手を外させる。

「わたしがどれだけ長い間、あの役を演じることを切望していたか、あなたにはわからないでしょうね。あなたがまだ撮影現場の片隅で小道具を運んでいた頃からずっとよ。いつかレベッカを演じる、演じてみせると思っていた。もちろんフォンドミリアンも。降りたくて降りるなんて思わないでちょうだい」

「何が——何があったんだ！　ジンジャー！　頼む、言ってくれ！　できることなら何でもするから！」

「あなたのせいじゃない。あなたは何も悪くないわ。本当よ。あなたは今の中央映画界でもっとも才能のある監督ですもの」

実際ジンジャーはこれまで何度かピートと組んで、大成功作《ヒット》を生み出している。

「今度もあなたと仕事がしたかった……。わたしとあなたの『レベッカ』ならきっといい作品《もの》になった。それはわかっているのよ。でも……」

ジンジャーは深い息を吐くと、ピートを見つめて、はっきり言った。

「クーアと仕事はできないの」

「何だって？」

「残念だけど、クーアは『レベッカ』の大出資者《スポンサー》よ。降りるしかないの」

「そんな……！」

出資者が作品の配役に口を出すことはあっても、主演女優が出資者を気に入らずに役を降りるなんて聞いたこともない。

だが、ジンジャーは本気だった。長いつきあいのピートにはそれがよくわかっていた。

「頼むよ……ジンジャー、お願いだ。お願いだから思いとどまってくれ！」

「本当にごめんなさい、ピート。愛してるわ。でも、わたしのことは忘れて他の人を探してちょうだい」

「ジンジャー！　行かないでくれ!!」

まさに映画の一場面《ワン・シーン》のようだった。

強いて言うなら美女に捨てられて泣き崩れる男の容貌にかなりの難があったが、ピート本人はそんなことにかまっていられなかった。

小説『風の手記』は今から四十年程前に発表され、大評判となった作品である。

その物語は妖精の国から始まっている。

掌《てのひら》くらいの大きさの羽の生えた妖精、半人半馬、海に住む魔物など、架空の生物が多く登場するが、彼らは単なる彩りではなく、確かな世界に存在する住人として生き生きと鮮やかに描かれる。

その世界でフォンドミリアンは絶世の美女として登場する。彼女は風を操る力を持ち、妖精たちから尊敬されている妖精の国の女王でもある。

そんな彼女がある日、一目見た人間の少年に心を奪われてしまう。

しかし、妖精が人間と結ばれることは許されない。

少年には親の決めた婚約者がいた。

その少女――レベッカはどんな運命の悪戯《いたずら》なのか、フォンドミリアンに生き写しだった。

物語はそこからレベッカの視点も加わり、今度はレベッカの暮らす架空の国の様子が描かれる。

活気のある産業革命と上流階級の華やかな生活、急激な経済の成長によって生じる社会の歪《ゆが》みと闇《やみ》、美しいレベッカを取り巻く人々の複雑な人間模様、さらには内戦の勃発《ぼっぱつ》と息つく間もない。

レベッカは結婚して男の子を一人儲《もう》けるが、夫は信念と愛国心から内戦に身を投じて戦死してしまう。

夫の死後、悲しみを乗り越えてたくましく生きるレベッカとそれを見守るフォンドミリアンの物語が交互に進み、晩年のレベッカがようやく心の安息を得るところで小説は終わっている。

主役はレベッカかフォンドミリアンか、そもそも

これは幻想小説か恋愛小説か、はたまた架空の歴史小説なのかと、発表当時から何かと物議を醸《かも》したが、現在でも売れ続けている成功作には違いない。

　発表直後から幾度となく映画化が企画されたが、実現はしなかった。著者が難色を示したからだ。

　著者フランシス・スミスは『風の手記』の発表後、映画化を望む人々の声に、やんわりと答えている。

「自分の作品は映像には向きません」

　彼がその理由としてあげたものは色々あったが、その最たるものは、現在の映画技術を持ってしてもこの世界を表現するのは難しいだろうというものだ。

「自分は人工的につくられた妖精の国を見たいとは思いません。合成映像だと一目でわかる妖精もです。特にフォンドミリアンとレベッカは生き写しという設定ですから、どうしても映画にするのであれば、同じ女優さんに演じてもらいたいと思います」

　妖精のフォンドミリアンは不老不死だが、人間のレベッカは十七歳で登場して七十過ぎまで生きる。業界の化粧《メイク》技術なら若い娘を老婆にすることなど造作もないが、スミスは首を振って、やはり表情や仕種を見ていれば若い人だとわかってしまいますと、不自然な感じがして好ましくありませんと言った。

　その後も何度も映画の話が持ち上がったが、結局、最後まではっきりした許可を出すことはなく『風の手記』の発表から十年後、スミスはこの世を去った。

　それから実に三十年――。

『風の手記』は『レベッカ』と題名を変え、人々の注目の中、ついに映画化の運びとなったのである。

　それなのに、その制作発表直前に主演女優が役を降りると言い出したのだ。

　監督のピートが発狂寸前にまで追い込まれたのも当然だった。

　制作発表会見はもちろん中止、そしてこの事実は電光のような速さで世間に広がった。

　注目度の高い話題作とあって、芸能紙のみならず、経済紙や高級新聞でも取り上げられる騒ぎになった。

ジンジャーの真意を質《ただ》す声が圧倒的に多かったが、肝心のジンジャーは姿を隠してしまっている。

報道は自然と、周囲の人々の陥《おちい》った激しい動揺と混乱ぶりを詳しく伝える調子になった。

映画制作会社のトリステラ・フィルムスはまさに上を下への大騒ぎである。

記者会見の席で制作責任者のウォーカーは、今はジンジャーと連絡が取れないことを悲痛な顔で告げ、あくまで彼女の慰留に努める方針だと述べた。

トリステラの社長コロンバインは、ジンジャーはいったいどうしたのかという記者からの質問に対し、それはこちらが知りたいくらいだと声を震わせた。

この時ばかりはどの新聞でもジンジャーに対する非難が続出した。

何しろ相手が相手だ。こんな時でもないと恐くて叩けない。三流紙や芸能ゴシップ紙などはここぞとばかりに、これは話題づくりのための狂言だろうと報道したが、高級紙はさすがにその表現は控えた。

他の女優なら考えられなくもないかもしれないが、ジンジャーに限ってそれはあり得ない。

何より、そんなことを紙面で公言しようものなら、芸能界の女帝を本当に敵に回すことになる。

従って、こんなやり方はあまりにも大人げないと、彼女のような立場にある人は周囲に及ぼす影響力をもっと自覚して、慎重に行動するべきだと非難した。

有識者による対談でもその論調は変わらなかった。

「製作発表当日に役を降りるなんて言語道断ですよ。演技者として決してやってはならないことだ」

「まったく前代未聞ですよ」

「ジンジャーともあろう者が、信じられません」

「しかも、役を降りた理由がクーアと仕事をしたくないからとは！　正気の沙汰《さた》じゃありませんな」

当然ジンジャーとクーアの間に揉《も》め事が⁉　とも盛んに取り沙汰された。

記者たちは無論クーアにも取材を申し込んだが、広報担当者は困惑の表情も露《あら》わに、我が社は確かにその映画に多額の出資をしているが、主演女優とは何の接点もないと述べた。

そこで記者たちは、ジンジャーと個人的に親しいアレクサンダー・ジェファーソンに意見を求めたが、収穫はなかった。

アレクサンダーは取材には快く応じたが、彼女の仕事は何もわからないと困惑の口調で答えたからだ。

アレクサンダーを頼ったのは記者ばかりではない。ウォーカーとコロンバインが揃《そろ》ってアドミラルの本社までアレクサンダーを訪ねてきたのである。

しかし、あなたが最後の頼みの綱だと言われても、アレクサンダーにはどうしようもない。

記者たちにしたのと同じ説明をして、首を捻《ひね》った。

「彼女は単なる気まぐれでこんなことをする人ではありません。それはわかっていますが……」

しかし、映画事業はアレクサンダーの管轄《かんかつ》外だ。

それは企業広報部の——ひいては広報部の属する営業総本部の管轄になる。

「まさにお手上げですよ」

ウォーカーはその言葉どおり両手を挙げていた。

わずか三日で、げっそりとやつれている。

ウォーカーは五十二歳、洒落者《しゃれもの》で知られる人だが、自慢の口髭《くちひげ》を整える余裕もなく、服装も乱れがちだ。

コロンバイン社長は六十五歳になる。

灰汁《あく》の強い人間がひしめく映画界の中では珍しく、ものやわらかな表情が印象的な、温厚な人柄だった。

会社社長という地位にあるだけに、身なりは一応整えていたが、福々しい顔に刻まれた深い苦悩と焦燥《しょうそう》は隠しようもない。

「ミスタ・ジェファーソン。何とかあなたの口からジンジャーを説得してもらえませんか」

「お役に立ちたいところですが、わたしもあなた方同様、彼女の居場所さえ知らないんです」

三人が話していたのはクーア本社の応接室だった。

扉が開いて、新たに二人が入って来た。

一人はオーウェン・ドーソン。アレクサンダーと同じ役員の一人であり、営業総本部長でもある。

もう一人はドーソンの部下の企業宣伝部長だった。

営業総本部長と言っても、ドーソンは商品を売り込む本来の意味の営業畑を歩いてきた人間だ。

宣伝や広報、まして映画産業には詳しくない。

それは宣伝部長の仕事だったが、この宣伝部長も実際の交渉は部下に任せて、自分はもっぱら算盤《そろばん》をはじくことに終始しているような部分がある。

彼らは映画関係者二人に挨拶して腰を下ろした。

「どうも困ったことになったようですな」

そう言いながらも、ドーソンは周囲の混乱ぶりが今ひとつ理解できない様子だった。

アレクサンダーに向かって言った。

「ぼくは映画のことはよく知らないが、その女優はきみと親しいんだろう。何とかならないのか」

「今もこちらのお二人に弁解していたところだよ。連絡すら取れないんだ」

ドーソンは肩をすくめて、部下に眼をやった。

この場は任せるという合図である。それに応えて、企業宣伝部長は映画関係者に向かって淡々と言った。

「我が社にとって重要なのは、あの映画が予定通り制作され、公開されることです。それは契約書にも明記されている条項です。従って、我が社としては速やかに撮影に入っていただきたいと考えます」

ウォーカーが苦渋に満ちた表情で訴えた。

「お言葉ですが、主演女優がいないのにどうやって撮影を開始しろと言うんです？」

「他の女優を使えばいいでしょう」

宣伝部長はこともなげに言ってのけた。

芸能界に疎《うと》いドーソンも安直に部下に同意した。

「そうだな。要はその映画が期日までに完成すればいいんだから……」

「その女優はわがままで仕事を放棄したのですから、違約金を払わせて、映画のほうはすぐに他の女優を起用すれば日程的に支障はないはずです」

映画関係者の二人は揃って愕然《がくぜん》とした。

自分にとっては決してあり得ない言葉を目の前で堂々と言い放つ人を見た時の驚きだった。

次にそのあまりの無知に対する軽蔑が湧き起こり、何とも白けた眼をクーアの重役二人に向けた。

「ジンジャーに代役を立てろとおっしゃる?」

「本気ですか?」

「映画界では別に珍しいことでもないと思いますが。女優ならいくらでもいるでしょう」

宣伝部長は明らかにこのことを大した問題だとは考えていなかった。むしろ、どうしてそのくらいのことを考えつかないのかという態度だった。

温厚な老人のコロンバインはますます眼を見張り、ウォーカーは何とも言えない顔で総本部長に言った。

「あなたはおいくつですか。ミスタ・ドーソン?」

「五十七ですが、それが何か?」

「では、お若い頃、『太陽の海』か『開拓者たち』もしくは『残春』をご覧になりませんでしたか」

ドーソンは顔を輝かせた。

「いや、懐かしいですな。『太陽の海』なら何度も見ましたよ。あの頃、同じ学級の少年たちはみんな夢中になった映画ですからね」

「主役の女性を覚えていますか?」

「ええ、もちろん。確か——そう、キャンディだ。当時のわたしの憧れの的でしたよ」

「そのキャンディを演じていたのが彼女《ジンジャー》です」

ドーソンは眼を剝《む》いて椅子に座り直した。

「あれは四十年も前の映画ですよ⁉」

「そうです」

「それが何か?」

制作者と映画会社社長はまじめくさって頷《うなず》いた。

対照的にドーソンは苦り切った顔つきで、何とも言いにくそうに言ったものだ。

「これは参りました。わたしも何かと多忙ですのでこの一件に関しては部下に——このアンドリューに任せきりだったのですが、何もそんな大昔の女優をわざわざ起用しなくてもよかったのでは? 今ならもっと若い女優がいくらでもいるでしょうに」

アレクサンダーが眼を丸くした。

ウォーカーが宣伝部長に――アンドリューに訊く。

「あなたも総本部長と同じご意見ですか？」

ジミー・アンドリューは痩《や》せぎすの、鹿爪《しかつめ》らしい顔つきの男だった。金勘定には有能かもしれないが融通《ゆうずう》は利きそうにない。頭の固い印象を受ける。

「わたしはあまり映画を見ませんので、その女優も存じませんが、確かに主演にしては歳を取りすぎているように思います」

コロンバインが鋭く尋ねる。

「するとあなたは主演女優の顔も知らずに、当社と契約を交わしたのですか」

「その必要はないと判断しました。貴社の今までの興行成績はどれも立派なものでしたから」

どんな映画をつくっているかではなく、完成した作品がどのくらい売れるかこそが肝心だというのだ。

ある意味、正しい意見ではある。

ドーソンが苦い顔で言う。

「しかし、人物紹介《プロフィール》くらいは確かめるべきだったぞ、アンドリュー。昔は大した美人女優だったが、あのキャンディなら今はもう六十過ぎのはずだ」

「申し訳ありません。しかしながら、トリステラの担当者から、この映画にはジンジャー・ブレッドがもっとも適任であると、彼女以外に人はないという強硬なご意見がありましたので……」

その意見を信じて引き下がったのに、この事態は何たることかと不満に思っている顔だった。

ウォーカーとコロンバインは今度こそ開いた口がふさがらない体だった。

「いやはや、何とも……」

コロンバインが意図的に眼を見開いて言う。

「クーアの責任者でいらっしゃる方たちが、まさかこれほど何もご存じないとは……驚きました」

やんわりと穏やかな口調ではあるが、実は二人に対する強烈な皮肉である。

ドーソンとアンドリューがさすがに不愉快《ふゆかい》そうな顔になった。

ウォーカーはいつも持ち歩いている小型の端末に動画を再生して、ドーソンに差し出した。

「ではご紹介しましょう。これがジンジャーです」

画面を覗《のぞ》き込んでドーソンは息を呑んだ。

まさに輝くばかりに美しい女性が微笑んでいたが、その顔に見覚えはなかった。首を傾げた。

「キャンディはこんな顔ではなかったと思いますよ。それに、彼女は確か黒い髪でした」

「髪の色はどうにでもなりますが、彼女はそういう女優です。役ごとに自分を変えてしまうのです」

「現にあなたもキャンディという名は覚えていても、ジンジャー・ブレッドは覚えていない」

まだ首を傾げながらドーソンは言った。

「しかし、これはいったいいつの映像なんです？」

「半年前です」

呆気《あっけ》にとられたドーソンだった。

画面の中で魅力的に微笑んでいる美人はどう眼を凝らしてみても三十歳以上には見えなかったからだ。

あからさまな疑惑の口調で言った。

「……ご冗談でしょう？」

アンドリューも露骨に顔をしかめている。

「からかわれては困ります。六十歳を過ぎた女性がこんな姿でいるわけはありません」

「まさに。これが本当に本人だとしたら映像に手を加えてあるのでしょう？」

「違うよ、ドーソン」

アレクサンダーが疲れたように割り込んだ。

「彼女はこの三十年——いいや、四十年だな。歳を取ることを忘れているんだよ。何故かは知らないが、もしかしたら昔より若くなっているかもしれない」

「そんなに古い知り合いなのか？」

コロンバインがやんわりと言った。

「ミスタ・ドーソン。我々が何故真っ先にミスタ・ジェファーソンにお目に掛かったと思いますか？」

アレクサンダーも頷いて言う。

「きみには話していなかったか？　今の妻はぼくにとっては二度目の妻だと。最初の妻は女優だったと。

――それがジンジャーだよ」

ドーソンは驚いた。アンドリューもだ。

映画界を少しでも知っている人なら常識なのだが、二人とも明らかに初耳だったらしい。

「別れた奥さん⁉　いや、今の奥さんと再婚なのも最初の奥さんが女優だったことも確かに聞いたが、それがこの人なのか？」

「そうだよ」

「だったら話は早い。きみの口から早く仕事に戻るように元奥さんを説得しろよ」

「別れて四十年も経てば他人も同然だよ。現に今もぼくには彼女の居場所がわからない。ジンジャーがクーアの何を指して仕事をしたくないと言ったかも見当がつかない。ぼくのほうがきみたちに訊こうと思っていたくらいだ。心当たりはないのか？」

「あるわけがない。ぼくもアンドリューもこの人に会ったこともないんだぞ」

「それなら、まず何とかしてジンジャーと話し合う場を設けなくてはならないな」

ドーソンは苛立《いらだ》たしげに手を振った。

「よしてくれよ。こんな美人なら会ってみたいのは山々だが、それはパーティ会場か何かで願いたいね。ぼくはクーアの役員で、営業総本部長という立場だ。仕事で女優と会ったところで話すことは何もないよ。第一、いくらきみの別れた奥さんでも、クーアとは全然関係のない人だろう」

アレクサンダーは苦い息を吐いて呟《つぶや》いた。

「……きみたちはあの時もそう言ったな」

地下で眠るジャスミンが見つかった時だ。

自分の別れた妻はジャスミンの親しい友人だった。

一目でいい、会わせてやってくれと頼み込んだが、聞き入れられなかった。こんな秘密を外部の人間に漏らすことはできないというのだ。

アレクサンダーの眉《まゆ》がぴくりと動いた。

まさかと思った。

ジンジャーはあの一件に非常に腹を立てていたが、その腹いせにこんなことを言い出したのだろうか。

大いに焦《あせ》ったアレクサンダーの心中とは裏腹に、コロンバインはやんわりとドーソンに尋ねていた。

「今のお話ですと、あなたのように高い地位にある方が一介の女優を説得するために自ら乗り出すなど馬鹿げていると聞こえますが……」

映画界には無知であっても営業出身のドーソンは如才《じょさい》ない男だったので、笑って相手をなだめた。

「それは違いますよ。コロンバイン社長。わたしが映画の仕事を低く見ているとは思わないでください。畑違いの分野だから申し上げているまでです」

問題は、畑違いの素人《しろうと》と言い切る人が映画界との交渉の最高責任者だという事実である。

大きな会社にはよくあることだが、ウォーカーもコロンバインも内心嘆息していた。営業総本部長がこの有様ということはもしかして営業部自体がこんなふうなのかと憂鬱《ゆううつ》になる。

アンドリューが咳《せき》払いして話を元に戻した。

「わたしどもにとっては、その映画が無事に完成し、公開されることが重要なのですから、ここはやはり代役を立てるべきかと存じます。その人は自分から仕事を投げ出したのですから、我々が手を尽くして引き留めるというのはいかがなものかと……とかく美しい女性はわがままなものです。女優ともなればなおさらです。しかし、女優のわがままにいちいち振り回されていては仕事になりません」

「そうだな。わたしも彼女と同じ意見です。それとも代役を立てることに何か問題でもあるのですか？」

「大問題ですとも」

「はっきり申し上げておきますが、彼女でなければ『レベッカ』は撮れません」

言下に断じた映画関係者二人に、アンドリューはやんわりと言い諭《さと》した。

「そんなはずはありますまい。わたしもこれで映画関係者の方たちからお話を伺《うかが》う機会が多いのですが、その方たちは口を揃えて、役者というものは映画という作品の中の一つの駒に過ぎないと、いくらでも換えは利くのだと話していました。お二人の手腕をもってすれば、主演女優の交代はそれほど困難とも思えませんが……」

「とんでもない。これ以上の困難に遭遇《そうぐう》したことはないと思えるほどです。第一に監督が承知しません。監督を更迭すればいいと言われるかもしれませんが、何の落ち度もないのに馘《クビ》にはできません。ましてや彼ほど『レベッカ』を愛し、『レベッカ』を理解し、質の高い作品に仕上げられる監督は他にいません」

「それ以前に、ジンジャーの後釜に座ろうと考える女優がいるとも思えません」

　ウォーカーもコロンバインも真剣そのものだが、アンドリューは何を大げさなと笑ってみせた。

「まさか、そんなことはないでしょう。これだけの話題作ですよ。声を掛けてやれば、やりたいと手を挙げる女優などいくらでも見つけられるはずです」

　すかさずウォーカーが言った。

「それでは代役の女優はそちらで見つけてください。我々には手の打ちようがありませんので。そうしてくだされればこちらも責任を持って監督を説き伏せて、ただちに撮影に入ることをお約束します」

　ドーソンは明らかにほっとした表情になった。

　そのくらいならわけもないと思ったのか、笑顔で請け負った。

「わかりました。それはこちらで何とか致します。――いいな？　アンドリュー」

「お任せください」

「よかった。これで肩の荷が下りましたよ」

　皮肉のたっぷり籠《こ》もった口調でウォーカーが言い、コロンバインも慇懃《いんぎん》に一礼した。

「朗報をお待ちしていますよ」

胸を叩いて請け負ったものの、アンドリューには映画界の詳しい事情などまったくわからない。

部下の企業宣伝課長に任せた。

ところが、実はその課長もあまり詳しくない。

結局、宣伝課の若手社員が課長補佐という臨時の肩書きを与えられて奔走《ほんそう》することになった。

彼が候補に挙げたのは、他ならぬ『レベッカ』で脇役の女性を演じる予定だったパメラ・ブレイク。

彼女も中央映画界を代表する大女優の一人である。

交渉に入った課長補佐に対し、パメラは代理人を通して、責任者と直接話したいと希望を述べた。

会見場所にパメラが指定したのは惑星ユリウスの超一流ホテル。ドナテッラと並ぶ格式を誇っている。

その最高級スイート・ルームに、課長補佐、彼の上司の宣伝課長、アンドリューの三人で赴《おもむ》いた。

約束の時間に部屋を訪れると、洗練された物腰の給仕が恭《うやうや》しく出迎えてくれ、中へ通された。

パメラは奥の居間で彼らを待っていた。

意外にもほっそりと小柄で、知的な顔立ちだった。

人物紹介によればパメラはもうじき五十歳だが、せいぜい三十二、三にしか見えない若々しさである。

何より、第一線で活躍する人は輝きが違う。

豪華なスイート・ルームを背景に従えて、少しも見劣りすることがない。さながら女王の風格だった。

交渉術は専門外のアンドリューだったが、この時ばかりは大いに感嘆した顔つきで一礼してみせた。

「お目に掛かれて光栄です。さすがにお美しい」

当たり障りのない賛辞だが、パメラはにっこりと微笑んで椅子を示した。

「どうぞ、お座りなさいな。お話を伺いましょう」

全員が席に着くと、話は主にアンドリューがした。

アンドリューは、ここまで担ぎ出されたからには話は半ばまとまりかけているものと思っていたので、パメラの好意的な態度に安心して話を切り出した。

「実は先日、初めて『風の手記』を読んだのですが、あなたが演じる予定になっている女性は、いささか非現実的な、突拍子もない性格ですな」

「ええ、ジェーンは複雑な人生を生きた人です」

小説では、ジェーンは最初、レベッカの恋の競争相手として登場する。もちろん勝者はレベッカだ。

恋に破れたジェーンは激しくレベッカを憎むが、その心情を決して表には出さない。

表向きは親しい友人としてにこやかにレベッカに接しながら、時には殺したいほどの憎悪を抱く。だが、その心情も時と共に次第に変化していく。最後には本当にレベッカの無二の友となるという、現実にはちょっとありそうにない女性なのである。

アンドリューはその点を指摘して、熱心に訴えた。

「こんな役はあまりいい役とはいえないと思います。あなたのように美しく、才能にあふれる方が脇役に甘んじることも理不尽な話です。我々としては是非あなたにレベッカ役を引き受けていただきたい」

「その前に、一つお尋ねしてもよろしいかしら？」

「何でしょう？」

「わたしがレベッカをやる。すてきな考えだけれど、それではわたしが演じるはずだったジェーンは誰が演じるのかしら？」

「それはもちろん、別の方に……」

「誰に？」

いつの間にかパメラの眼が鋭く光っていた。

美しい顔は笑っていたが、その笑いも冷笑に近い。

「原作をお読みになったのならおわかりのはずです。ジェーンはとても難しい役です。一読しただけではジェーンに共感できないという女性も多いのだから、よほど上手く役をつくりあげないと単なる偽善者と言われてしまいかねない。――でも、原作を初めて読んだ時、わたしは確信したんですわ。わたしならジェーンを演じられると。それどころか、この役はわたしにしかできないと」

アンドリューにはパメラが何を言っているのか、よく理解できなかった。演技を仕事としている以上、いわゆる『いい役』を選ぶのが当然だと思ったので、その気持ちを正直に口にした。

「お言葉ですが、どちらかを選ぶとしたら脇役より主役のほうがいいに決まっているでしょう」

「もちろんわたしにはジンジャーに引けを取らないレベッカを演じる自信があります。だからそちらのお話は悪い話じゃない。けれど、そのわたしの横で他の誰かが——駆け出し同然の若い女の子が、全然摑みきれていない拙《つたな》いジェーンを演じるかと思うと、寒気がしますわ。それだけは我慢できません」

パメラ・ブレイクは嫣然《えんぜん》と微笑んで言った。

「おわかりかしら? レベッカがジンジャーの役であるように、ジェーンはわたしの役なのよ」

「いや、ですが……」

「だから、あなたたちは、わたし以上にジェーンを理解して、わたし以上に演じられる人をまず探してくださらなくてはいけないわ。運良く見つかったら連れてきてくださいな。お話はその時あらためて」

呆気にとられている間にパメラは話を切り上げて、クーアの三人はスイート・ルームから放り出されてしまったのである。

アンドリューはかんかんに怒って宣伝課長を責め、宣伝課長はその責任を補佐を務めた部下に転嫁した。

この部下がすべての設定をしたのだから当然だが、部下は悪びれるどころか、開き直って言い放った。

「会ってくれただけでも儲けものだと思いますよ。土台《どだい》、無理な話なんですよ。他の映画ならともかく、『レベッカ』でジンジャーの代役だなんて……」

「何故、無理な話なんだ?」

苛立ちも露わに詰問した上司に、その部下は——ジョー・フォックスという名前だった——さんざん振り回されてげんなりしていたせいもあり、若さも手伝って、口を尖《とが》らせて言い返した。

「何故って『風の手記』の映画化権はジンジャーが持ってるからですよ」

宣伝部長もアンドリューも絶句した。

実際、それは映画界ではよく知られた話だった。

まだスミスが存命していた頃の話だ。

スミスは、いつものように自分を訪ねてきた映画会社の若い社員に、ふと洩らしたのである。

「先日、珍しく、妻と映画を見たのですが、主役の女優さんが、まだお若い人のようでしたが、とてもきれいな人で、演技もたいへんお上手でした」

その女優がジンジャーだったのだ。

そして映画会社の社員から彼女の年齢を聞いて、スミスもさすがに驚いた。若いどころか、その当時ジンジャーは既に四十歳を超えていたからである。

スミスはしきりと感心して、こう言ったそうだ。

「まるきり二十代の娘さんにしか見えませんでした。あの女優さんなら、レベッカとフォンドミリアンを演じられるかもしれませんね」

映画会社の人間は小躍りして、早速ジンジャーに、極秘裏のうちに話を持っていったのである。

しかし、『風の手記』を読み終えたジンジャーは難しい顔で首を振った。

「これは今のわたしには演じられないわ」

その後、ジンジャーは非公式にスミスと面談した。

公《おおやけ》にすれば『風の手記、ジンジャー主演で映画化決定！』と報道されてしまうことは確実だからだ。

スミスはその気遣いを喜び、礼を言ったという。

その時の二人の会話も記録されていないが、後にスミスが妻に語ったところによれば、ジンジャーはレベッカを演じてみたいと熱心に訴えたそうだ。

これにはスミスも面食らって、

「しかし、あなたは、断られたそうですが……？」

「いいえ、わたしは今のわたしにはと言ったのです。最低でも十年、できれば二十年、レベッカのために時間をいただきたいと思います」

「これは驚いた」

スミスは正直に言ったものだ。

「意地悪な質問になりますが、二十年後のあなたは今のように美しくいてくださいますかな？」

「あなたがこの顔を気に入ってくださったのなら、

最大限、努力しますわ」

「しかし、それでは、わたしの生きているうちには間に合いそうにない——いや、むしろ、そのほうがいいのかもしれませんな……」

スミスがそんなことを言ったのは、自分の死期を予感していたからかもしれない。

会見から半年と経たないうちにスミスは亡くなり、彼の死後、夫人が夫の直筆の遺書を見つけた。

そこには、『風の手記』をもし映画にするなら、ジンジャー・ブレッドに一任したいと書かれていた。

公式の書類ではなかったが、それで充分だった。

「二十年の予定が三十年に延びたのはジンジャーが人材が育つのを待っていたからだと言われています。もう一つ、スミスの奥さんは今も健在です。噂《うわさ》では奥さんが映画化に乗り気でなかったのではないかと。権利はジンジャーにありますから、遺族の意向など無視してもいいわけですが、ジンジャーは奥さんに配慮したのだろうというもっぱらの評判です」

宣伝部長は真っ赤になって怒鳴《どな》った。

「何故もっと早く言わないんだ！」

「ご存じとばかり思っていましたから」

フォックスは白けた顔だった。

実際、こんな最低限の常識も知らないで映画界に乗り込んでいくとは、物笑いの種もいいところだ。

「しかし、それではジンジャーの許可がなければ、映画にはできないということか⁉」

ほとんど頭を抱えたくなったフォックスだった。

「ジンジャーは既にその許可をトリステラに与えていますよ。だから先日、制作発表会見を開くことになったんでしょうが……」

「主役はジンジャーに限るという契約は？」

「していません。ですからトリステラは、理屈ではジンジャー抜きで『レベッカ』を撮ることもできるわけですが、無理でしょうね。成り手がいませんよ。パメラ・ブレイクでもだめとなればなおさらです」

この際、言いたいことは言ってしまえとばかりに、フォックスは滔々《とうとう》と話を続けた。

「ジンジャーは五歳で初舞台を踏みました。映画の仕事で売れるようになってからでも既に五十年です。その五十年間、彼女はただの一度も頂点《トップ》から落ちたことがない。昔は売れていたけれど――なんていう扱われ方の『往年の名女優』とはわけがちがいます。それに、彼女は意外に面倒見がよくて、人の才能を見出すのが上手いんです。現在、第一線で活躍している俳優や女優、監督の中には、無名時代に彼女に眼をかけられて脚光を浴びた人が少なくありません。大物監督だろうが制作者だろうが、彼女にとっては弟分みたいなものですよ。もちろん制作会社だって同じことです。今も最高の集客数と興行成績を誇る人なんですから。要するに、今の共和宇宙映画界でジンジャーを敵に回そうと考える人間なんか一人もいないってことですよ」

宣伝課長もその上司のアンドリューも愕然として言葉もなかった。

アンドリューが恐い顔で尋ねた。

「それは、誰もが知っていることなのか？」

「どの部分のことをおっしゃっているんです？」

「ジンジャー・ブレッドが映画界にかなりの人脈と影響力を持っているという部分だ」

フォックスは呆れ返った。

あなたたちはそんなことも知らずにジンジャーに喧嘩《けんか》を売ったんですかと言いかかったが、宮仕えの悲しさだ。かろうじて言葉を呑み、堂々と胸を張り、鹿爪らしい顔つきで断言した。

「知らなければ確実に潜《もぐ》りと言われます。ちなみに映画界だけじゃありません。彼女の贔屓《ファン》は政界にも財界にも大勢いますよ。それ以前に、ぼくも含めた何千億という一般市民が彼女を支持するでしょう」

一方、ドーソンも、経済界の知人から同じことを聞かされて愕然となった。

ジンジャーが降りた以上、『レベッカ』は絶対に完成しない。それどころかジンジャーがその理由にクーアの名を出したことで、世間はいずれクーアを非難するはずだ。何があったか知らないが、会社《クーア》に大きな傷をつけたくなければ、早急にジンジャーと和解するべきだと、真顔で忠告されてしまったのだ。

ドーソンは慌ててアレクサンダーのところへ行き、窮状《きゅうじょう》を訴えたが、アレクサンダーは平然と答えた。

「連絡が取れないと言っただろう。第一、わたしの別れた妻はクーアとは何の関係もない。そう言って聞く耳を持たなかったのはどこの誰かね？」

ぐうの音も出ない。

営業本部はそれこそ総出で代役捜しに奔走したが、ことごとく失敗に終わった。

一流と言われる女優がこんな訳ありの仕事に手を出すはずがなく、中堅どころは賢明に立場を守り、そして駆け出しの若手には、どんな話題作だろうとこんな爆弾を好んで拾おうなどという度胸はない。

そんな時、ずっと姿を隠していたジンジャーが、ある教養番組に出演するという噂が広がった。

それは司会者が毎回、客《ゲスト》と一対一の対談をして、客から話を聞くという形式で放送されるものだった。

司会者の穏やかな人柄と巧みな話術、厳選された客、さらには生放送ということで地味な構成ながら高い視聴率を誇っている番組である。

制作発表会見の中止から三週間が過ぎていた。

今のこの時期、対談番組に出演するということは、話題は『レベッカ』のことに間違いない。

番組の開始前から驚異的な視聴率を記録する中、対談が始まった。

女性客はたいてい華やかな衣裳で登場するのだが、この日のジンジャーは至って質素な服装で現れた。

司会者のサイモン・クルーズは挨拶を済ませるとさっそく本題に入った。

「あなたが『レベッカ』役を降りたのは、クーアの関わる仕事をしたくなかったからだと聞きましたが、事実ですか？」

「少し違いますね。したくないのではありません。できないのです」

「どういう意味でしょう?」

「わたしは女優です。演技をすることが仕事ですが、残念なことに、クーアの影響下にある現場では思うような演技ができないのです」

「何ですって?」

「自分の納得のいかない、満足できないレベッカを演じることはできません。わたしを信じて映画化を許可してくださったスミス氏を――ひいては自分の仕事を裏切ることになります。関係者の皆さんにはご迷惑を掛けてしまいましたが、せめて早いうちに他の配役を見つけてもらおうと思ったのです」

「クーアが出資者として影響力を行使する現場では、あなたの満足する演技ができないと?」

「はい」

「それは何故ですか?」

「原因は色々ありますが、一番大きな理由としては――あなたはステイシー・ゴードンをご存じ?」

「もちろん。第二のジンジャーと言われている若手女優でしょう。とても才能のある人ですね」

「その言い方は彼女に失礼でしょう。わたしにもね。わたしはそう簡単に他の誰かに代わられるつもりはありませんから」

「これは、失礼しました」

「おっしゃるとおり、彼女は才能のある女優《ひと》です。若い人には珍しく演じることに没頭できる人ですわ。その彼女が先日、代理人と一緒にわたしのところへ相談に来たのです。クーアへの訴訟を考えているが、少しでも勝ち目はあるだろうかと言ってね」

「これは……穏やかではありませんね」

「はい。彼女の仕事に関する部分ですので、勝手にお話しすることはできず、今まで黙っていましたが、昨日になって彼女から許可を得たので申し上げます。ステイシーはクーアと宣伝契約を交わしたのです」

「どの分野の宣伝ですか?」

「服飾です。ただ、実質的には企業全体の広告塔と思ってもらいたいというお話だったそうですわ」

「ほう？　それはすごい。大きな仕事ですね」

「ええ。ステイシーはとても喜んで、クーアの示す契約にも快く応じたそうです」

「こういう時の契約内容は非常に細かいそうですが、その点で何か折り合わなかったのでしょうか？」

「企業の印象を損なうような品行不良は困りますと真っ先に釘を刺されたそうです。クーアにとっては大金を投じる広告塔ですから当然ですね。具体的な禁止項目としては、人前で泥酔《でいすい》する、記者会見など公《おおやけ》の席で好ましくない言葉を使う。他にも彼女は独身ですが、恋人と人前でキスをしたり、妻帯者の男性と二人で食事をしてはいけない。そういう類《たぐい》の項目が多かったと聞いています」

「しかし、それなら企業として当然なのでは？」

「はい。この程度でしたら滑稽《こっけい》な笑い話ですみます。彼女も自分の代理人と弁護士と、契約書を念入りに協議した上で署名したそうです。ところが、その後、クーアが思いも寄らないことを言ってきたのです」

「と言いますと？」

「契約内容には、彼女が今後出演する番組や映画の情報をクーアに提供すること、特に映画に関しては事前に脚本を確認したいとあったそうです。そこで彼女が次回主演作の脚本を送ったところ、クーアはこの映画に出演することは認められない、ただちに出演を辞退しろと言ってきたそうです」

「どういうことです？」

「その映画で彼女が殺人犯を演じるからです」

「はて……？　いや、失礼。しかしそれは、意味がよくわかりませんが……？」

「ステイシーもそう言ったそうです。これは映画で、自分の仕事なのだと。自分が本当に殺人を犯すわけではないし、何より契約内容では、そちらに自分の仕事に干渉する権利などないはずだと」

「確かに」

「クーア側は、脚本を確認するということは、当然、仕事を差し止める裁量権を含むと主張したそうです。何より、こんな映画に出演されては、当社の印象《イメージ》が極めて悪くなる。殺人犯を演じた女優など広告塔に使えるわけがない。つまりこの役を引き受けたこと自体が明らかな契約違反だというのです」

「ははあ……」

「確かに、その映画には暴力的な場面も目立ちます。彼女の演じる主人公は、最初は幸せな人妻でしたが、夫から日常的な暴力を受け、複数の男性に暴行され、精神の均衡を欠いてとうとう殺人を犯すようになる――そのような内容なんです。これを娯楽作品とは言えないでしょうが、この役に体当たりでぶつかる彼女を、わたしはうらやましいと思います。彼女は今、二十七歳。これほど身体を張った演技を必要とする役は、やはり若い時でなくては演じられません。今のわたしにはとても無理ですものね」

「おやおや、ご謙遜《けんそん》を……」

「ステイシーは、これはただの暴力映画ではないと、極限まで追いつめられた人間性の追求という主題《テーマ》と高い芸術性を持った作品だと説明したそうですが、クーアは納得しませんでした。もう一つ、クーアが拒否反応を起こしたことがあります。作中、彼女の演じる主人公が過食症にかかり、二十キロも太ってしまうという場面です」

「それは特殊効果班の腕のみせどころですね」

「いいえ、彼女はその場面を、特殊効果を使わずに自分自身の肉体で表現しようとしていました」

「あのステイシーがですか？」

「はい。彼女はそのために栄養学の専門家を頼み、いかに短期間に効率よく、しかも身体に負担を掛けずに増量するか、計画を立てていました。ですが、それに対するクーアの言い分はこうです。あなたのファンは美しいあなたを見に来るのだと。殴られて青あざをつくり、男たちに暴行されたあげく、醜《みにく》く太って殺人を犯すあなたなど誰も喜ばないと。何もわざわざそんな映画に出て人気を下げることはない、どうしても出演すると言うなら契約違反であなたを告訴すると。ですがステイシーは女優です。それも、ただ笑っていればいいお人形さんのような役よりも、困難な役柄であればあるほど魅力を感じ、演じきることに喜びを覚える、そうした挑戦心と向上心を持った女優です。ところがクーアにはその気持ちが――役に意気込む演技者の心がわからないのです。何故わざわざこんな汚れ役を選んだりするのかと、渋い顔で詰問してきたそうです。あなたはクーアの仕事をしていればいいと、そのために過分な報酬を払っているのだから馬鹿な真似はしてくれるなとも言ったそうです」

「いやはや、そこまで？」

「うちの広告塔をやるなら演技などする必要はない。うちが好ましくないと判断した役柄になど挑戦してもらっては困る。これはステイシー一人の問題ではありません。演技者全体に対する侮辱です」

「そして、ステイシーはクーアと戦うと？」

「そうです。今日まで待ったのはステイシーが先程、クーアを相手に訴訟を起こしたからですわ」

「しかし、ジンジャー。ミスタ・ジェファーソンはクーアの重役ですが……」

「ええ。アレクは今でもわたしの親しい友人です。相談すればきっと力になろうとしてくれたでしょう。ですが、クーアは大きくなりすぎたのですわ。今のクーアはアレク一人の力ではどうにもなりません。――ケリーが懐かしい」

「えっ？」

「ケリーがいた頃のクーアならこんなことは決してありませんでした。今ほどケリーがいてくれたらと思ったことはありません」

「ミスタ・クーアが亡くなって五年になりますが、それほど変わってしまいましたか」

「ええ。実はステイシーのことだけでもないのです。わたしも芸能界に長くいる人間ですので、この頃はあちこちでクーアに対する声にできない非難を耳にするようになりました。クーアは事業の一環として演劇の後援も行っていますが……」

「そこではどんなことが？」

「申しわけありませんが、差し障りもありますので控えさせていただきます。一つだけ確かなことは、今のクーア財閥が——正確にはそこで働く人たちがクーアの名前を一種の銘柄《ブランド》と考えていることです。もちろん一般社員の人たちは別です。大きな組織の特徴とも言えますが、クーアの場合も現場の人々はとても気持ちのいい有能な人が多いのです。しかし、上層部はそうはいきません。自分の会社や肩書きに誇りを持つのは結構なことですが、だからといってクーア以外の人たちを——役者も含めてですが——見下していいということにはなりません」

「ステイシーの訴訟が注目されますね。今日はお話、ありがとうございました」

「こちらこそ、お邪魔いたしました」


アレクサンダーは職場の端末でこれを見ていたが、番組終了と同時に深々と嘆息した。

「……とんでもないことになるぞ」

その言葉はすぐに証明された。

一般市民からの苦情と抗議が殺到したのである。

クーアのほとんどの支社で回線が使用不能になる騒ぎとなった。

もちろん本社も例外ではない。

番組の終了から六時間が過ぎても抗議は止まず、優秀さで知られるクーアの管理脳もその膨大《ぼうだい》な量を処理できず、社の回線で外部と連絡することはほぼ不可能な状態にまで追い込まれた。

かろうじて繋《つな》がるのは役員の専用回線だけという有様である。

一般社員たちが仕事にならずに悲鳴を上げる中、役員たちは個人端末まで駆使して何とか連絡を取り、市内のホテルに集まった。

本社にはもうとても近寄れなかったからだ。

アドミラルに暮らす映画好きの人々は通信による抗議だけでは飽きたらず、同じ星の上という立地も手伝って、本社まで殺到したのである。

塀の外まで興奮した群衆がびっしりと詰めかけ、警官隊まで出動して対応に追われている。

その模様がまた実時間《リアルタイム》で放送されているのである。

部屋の端末でそうした様子を苦い眼で眺めながら、役員の一人が言った。

「ゴードンとかいう女優の件は事実なのか？」

ドーソンがげっそりした顔で答える。

「事実だ。確認した。既に弁護士を手配したよ」

「法廷で争うのは愚の骨頂だぞ。和解に持ち込め。この際、契約違反を問うのも野暮だ」

「言われるまでもない。とっくにその方向で検討に入っている。問題はどうやってそれを知らせるかだ。記者会見でも開くのか？」

それはあまりにもみっともない。

別の一人がアレクサンダーに懇願《こんがん》した。

「原因はきみの奥さんなんだ。頼むから一刻も早くなだめてくれ」

「ぼくの妻はテレサだよ」

「元奥さんのことを言ってるんだ」

「それはおかしい。ぼくの別れた妻はただの女優で、クーアとは何の関係もないはずでは……」

ドーソンが悲鳴を上げる。

「アレク！　ふざけていないで助けてくれよ！」

他の役員からも異口同音に同じ訴えがあがったが、アレクサンダーは首を振った。

「ふざけていないよ。多分、彼女が怒っているのはそれが原因だ。きみたちはそう言ってジンジャーをサリヴァン島に入れようとしなかった」

「何だって？」

「ジンジャーはジャスミンの友達だと言っただろう。だから、ジンジャーを説得できる者がいるとしたら、それはぼくではなくてジャスミンのほうだろうな」

六人の重役は揃って呆気にとられた。

次に一斉に訝《いぶか》しむ顔になり、疑わしげに言った。

「ジャスミン？　ジャスミンならきみの元奥さんをなだめられると言うのか？」

「それはわからないが、ジンジャーはジャスミンにちょっと尋常ではないくらいの友情を抱いてるんだ。ぼくたちがどう手を尽くしたところでジンジャーは会ってもくれないだろうが、相手がジャスミンなら望みがある」

　アレクサンダーは駄目元《だめもと》でガウラン高地の屋敷に連絡を入れてみた。

「やあ、バーンズ。ジャスミンと話したいんだが、どこにいるか心当たりはないか」

「はい。先程連絡がございました。お嬢さまは明日、こちらでお昼を召し上がられるそうです」

「それはありがたい。ぼくたちも同席したいんだが、かまわないかな？」

「何名様でございますか」

　アレクサンダーが室内に眼をやると、役員たちはものすごくいやそうな顔になった。

　彼らにもこの状態はまずいと、一日も早く適切な手段を講じる必要があるとわかっている。長引けば長引くほど不利になることもわかっている。

　それでも、ジャスミンに頼りたくはないらしい。

　頭では総帥だと理解していても、彼らはそれこそ、ジャスミンは今のクーアには何の関係もない人だと思っているところがあるのだ。

　誰も進んで行きたがらず、ここは担当者が何とかしろと押しつける格好になった。

　結局、ドーソン一人がアレクサンダーと一緒に、翌日、ガウラン高地の屋敷に出向いたのである。

　ジャスミンは既に屋敷にいて彼らを待っていた。

　ドーソンはジャスミンに会うのは初めてだ。

　話には聞いていたが、それでも眼を見張った。

　身体の大きさも、その圧倒的な存在感もだ。

　ジャスミンは時間を無駄にはしなかった。

　むしろ、食事前に厄介な用件は片づけてしまえと思っていたようで、単刀直入に質問してきた。

「ジンジャーに話を聞く前におまえたちの言い分を聞こうと思ったんだが、ジンジャーが何をあんなに怒っているのか、わたしに説明できるか？」

ドーソンはさっぱりわからないと真剣に訴えた。

一方、アレクサンダーは軽く肩をすくめて言った。

「多分、あれだ。役員たちがきみとの感動の再会を邪魔したことだと思うよ」

「それにしては少しばかりやり方が派手すぎるぞ」

ジンジャーは自分の影響力をよく知っている。対談番組であんなことを言ったらクーアに対する風当りは超大型台風並みに強くなる。そのくらい、わからないはずがないとジャスミンは続けた。

ドーソンはひたすら下手に出て言った。

「あなたがジンジャーと親しいというのでしたら、お願い致します。何とか彼女をなだめてください。このままでは業務にも支障が出ます」

「もう出ているだろう。その意味でもジンジャーと話をする必要があるのは確かだな。普通の企業なら株価暴落で存亡の危機に陥っているところだ」

どこまで本気かさっぱりわからない口調で言って、ジャスミンは部屋の端末を操作した。

五、六カ所、心当たりに片っ端から掛けたらしい。

その上で向こうからの返信を待った。

彼らがいたのは屋敷の中でも広い居間だった。

その壁の一面に数メートル四方にも及ぶ風景画が掛かっていた。

と思ったら、その風景画が大きな画面に変化して、美しい女性の顔が映し出されたのである。

ジンジャーはジャスミンを見てにっこり微笑んだ。

「ジェム、どうしたの。そっちはお昼かしら？」

「どうしたもこうしたもないだろう。昨日の対談は何なんだ？　あれでは完全にクーアが悪者だぞ」

「あら、そんなふうに聞こえたとしたら心外だわね。わたしは事実を話しただけよ」

ジャスミンは苦笑混じりの笑顔になって、画面の女性に優しく話しかけた。

「ジンジャー……。何をそんなにすねてるんだ？」

「アレクに聞きなさいよ。そこにいるんでしょ」

「ああ、そのアレクが言うには、うちの役員たちが、何かおまえの邪魔をしたからだそうだが……」

「そうよ」

　恐ろしくきっぱりとジンジャーは断言した。

「アレクもプリスもヘレンもメルヴィンもずるいわ。わたしだけ棺《ひつぎ》の中で眠るあなたを見損なったのよ」

「それなら、わたしの葬式で見ただろうに」

「いいえ。見なかったわ。あなたのお葬式には参列しなかったの。そんなもの見たくなかったのよ」

「今なら見たかったのか？」

「当然よ。あなたが生きているとわかった以上はね。わたしには一日も早くあなたに会う権利があった」

「いや、そんな権利は存在しないと思うが……」

「それなのに、あなたのところの頭の固い人たちときたら呆れちゃうわ。一介の女優なんかにクーアの最高機密は明かせないですって？　失礼にもほどがあるわよ。最高機密なんかに興味はない。わたしはあなたを友達だと思っているだけなのに」

　ドーソンは啞然《あぜん》としながらこれを聞いていた。

　論点に多大な問題があるが、ジンジャーの口調はまるで女子学生がはしゃいでいるような印象だ。

　ジャスミンもその剣幕に手を焼いたのか、両手を挙げて降参の姿勢である。

「わかった。それなら今度、ちゃんと寝間着を着て棺桶《かんおけ》に入って寝てやるから」

「そういう問題じゃないのよ。だいたい、どうしてそのことであなたが出てくるの？」

「部下の不始末は上が拭うものだと相場が決まっているからな。うちの役員が何かしくじったのなら、わたしが責任を取るべきだろう」

「あら、でも、今の役員の人たちはアレクを除いて、あなたを上司とは認めていないんじゃなかった？」

「おお、そうか」

ジャスミンはぽんと手を打った。

「なるほど、彼らはわたしの部下ではないのだから、わたしが乗り出すのも変な話だな。――代われ」

ドーソンは額の汗を拭いながら自己紹介をすると、努めて平静を保とうとしながらジンジャーに訴えた。

「お話はよくわかりました。我々の不手際も失礼も役員を代表してお詫《わ》びします。ですから、そろそろ勘弁してもらえませんか？」

すると、ジンジャーは先程の調子が嘘《うそ》のように、嫣然と微笑みながら流暢《りゅうちょう》な口調で言ったのである。

「ミスタ・ドーソン。本当にそんな個人的な問題で、わたしがクーアの名を出したとお思いですか？」

「え？」

「あの対談を御覧になってくださったのなら、話が早いというものです。わたしは真実、芸能界の声を代弁しただけです。あの番組でも話したことですが、この二、三年、あなた方は文化事業の一環として、演劇関係の後援を盛んに行ってこられた。大企業の後援は劇場関係者にとってはありがたいものです。それなしでは興行が成り立たないところもあります。ただ、相手がありがたがっていることがわかると、中には図に乗る人も現れるのですわ」

ドーソンは表情を引き締めた。

「具体的に何かご存じでしたら言ってください」

「わたしの口から言うまでもありません。もうじきおわかりになるはずです」

「と言いますのは……」

「今日明日のうちにそちらを訴えたという知らせが共和宇宙中から届くはずです」

「おい、穏やかじゃないな」

ジャスミンが眼を丸くすれば、ドーソンも血相を変えてジンジャーを問いつめた。

「それはあなたがやらせたことですか？」

「いいえ。クーアに不満を抱いていた人がそれだけ多いということです。わたしの発言は彼らの背中を後押しする結果になった。それだけのことですわ」

ジンジャーの言ったことは事実だった。

翌日、やっとのことで回線が回復し、通常業務が可能になった途端、あちこちで起こされた何件もの訴訟の対応に負われる羽目になったのだ。

ジンジャーが言ったように演劇関係が多かったが、その内容は後援の代償に謝礼を要求された興行主、さらに接待の席で身体を要求されたという女性など、企業の印象を著しく下落させるものばかりである。

だが、問題は演劇関係だけではなかった。

他の部署にも続々と訴えが持ち込まれた。

例を一件あげると、クーアの仕事が欲しければと手数料を要求され、いわば慣例なので払っていたが、今では手数料だけを取って仕事を寄越さない。かといって苦情を述べようものなら、クーアを敵に回す気かと、そのうち儲けさせてやるから余計なことはするなと恫喝《どうかつ》まがいのことを言われたという。

立派な詐欺《さぎ》である。

他にも、訴訟を起こすほどではないが、クーアの強引なやり方に迷惑を被ったという人が報道番組に次々と登場し、批判的な意見を述べたのだ。

役員会もこれには頭を抱えてしまった。

早急に調査委員会を設置し、徹底した原因究明に当たらせると約束するのが精一杯だった。

この事態に一番冷静だったのはジャスミンである。

誰よりも早く情報を把握《はあく》し、適切な指示を出した。

「焦って解決を急ごうとするな」

と、動揺する役員たちを一喝《いっかつ》し、

「迷惑を掛けた人たちには謝罪しなければならんが、こうなると便乗訴訟も多いはずだ。迂闊《うかつ》に和解金を支払おうとするな。まず事実関係を確認することだ。そのためには金を惜しむな。人員もだ」

訴えごとに応対する責任者を決めて、全権を与え、真正面から取り組ませた。

こうなると溺《おぼ》れる者は藁《わら》をも摑むである。

ジャスミンに根深い反感を抱いていた役員たちも

その指揮の下、一団となって働き始めた。

その対応が功を奏して、ほとんどの訴えが和解の方向に進み始めたのは、ジンジャーの対談番組から一ヶ月も過ぎていただろうか。

その日、ジャスミンは本社社屋で役員たちを前に、皮肉に言ったものだ。

「あの男が死んで五年……たった五年でよくもまあ、ここまでにしてくれたものだ」

さすがにどの役員にも返す言葉がない。

一ヶ月経っても、クーアに対する風当りは完全に消えたわけではない。恒星間規模の宇宙嵐が太陽系規模程度に静まったというだけのことだ。

役員の一人が深刻な顔で言う。

「ステイシー・ゴードンも和解に応じたことですし、こちらもそろそろ攻勢に転じてはどうでしょうか」

「具体的には？」

「各新聞、報道番組の上層部に話を通して、当社に否定的な論評は避けるようにと依頼するのです」

「今のこの時期にクーアの重役がそんな頼みごとをしたとわかってみろ。やっと風が収まってきたのに、また台風の直撃を食らうことになるぞ」

「ですが、だからといって、いつまでも風を避けて亀のように縮こまっているわけにもいきません」

別の役員も言った。

「第一、ステイシーがそもそもの発端なんですから、その彼女が和解に応じた以上は……」

ジャスミンは首を振った。

「違うな。そのくらいのこともわからないのか？　そもそもの発端はジンジャーだぞ」

「…………」

「部下の素行に眼が行き届かなかったのも問題だが、おまえたちもおまえたちだ。何だってジンジャーに喧嘩を売ったりしたんだ？」

アレクサンダー以外の役員が一斉に訴えた。

「我々は喧嘩を売ったつもりはありません！」

「じゃあ、どうしてサリヴァン島へ通さなかった」

「えっ⁉」

　これには役員一同、驚いて眼を丸くした。

　特にドーソンは急いで言っていた。

「いや、しかし、ジャスミン。ジンジャーはそれは個人的な問題だと……」

「甘いな。ドーソン。相手は女優だぞ。それも実におまえが生まれる前から演技一筋、さらに五十年の長きに亘《わた》って役者の頂点に君臨している大物女優だ。わたしはな、そちらこそが本題で、ゴードンという若手女優のほうが口実だったと思っている」

　かつてジンジャーと夫婦だったアレクサンダーも重々しく頷いた。

「ぼくもそう思う」

　他の役員たちが絶句する中、ジャスミンは真顔で話を続けた。

「幸い、今はわたしがクーア財閥総帥だ。クーアを救うためにも、総帥として、この辺でジンジャーと和解しなくてはならないと思う。異存はないな？」

　あるわけがない。一同、慌てて頷いた。

　ジャスミンはその場で端末を操作して心当たりに片っ端から連絡し、また向こうからの返信を待った。

　五分と経たずに遠距離通信が入った。

「やあ、ジンジャー。元気か？」

「おかげさまでね。あなたは？」

「この間、『風の手記』を読んだんだ」

　ジンジャーは身を乗り出して熱心に尋ねた。

「読んでくれるのを待ってたのよ。どうだった？」

「主役の女性は大変だと思った。あんなにいろいろ人生に起こるんではな」

「他には？」

「おまえの演じる妖精の女王が見たくなった」

「あなた、試写会には来てくれないんでしょう？」

「それは仕方がない。わたしはこの世に存在しない人間なんだからな。一般公開されたら真っ先に見に行くさ。約束する」

　ジンジャーはこぼれるような笑顔になった。

「では、早速、レベッカを降りるのはやめにしたとピートに連絡することにしましょうか」

「そうしてくれると我が社としても大変助かる」

「会社のためじゃないわよ。あなたのためよ」

「わかってる」

あっという間に話がまとまってしまった。

開いた口がふさがらない体の役員たちを見渡して、通信を切ったジャスミンは悪戯っぽく笑ってみせた。

「おまえたち、これに懲りたら力も金も人脈もある頭のいい美人なんか、二度と敵に回そうと思うなよ。どう頑張ったって男に勝ち目はないんだからな」

翌週、ドナテッラ・ホテルで再び『レベッカ』の制作発表会見が行われることになった。

自分の足で歩いてホテルに入ったジンジャーは、ロビー中の視線を集めている男性に気がついた。

色濃い眼鏡《サン・グラス》を掛けても端整な顔だちは隠せず、椅子に座っていても体格の良さは歴然としている。

ジンジャーはさりげなくその隣に座って尋ねた。

「あなた一人？　ジェムはどうしたの」

「俺たちが二人並ぶとそれこそ目立ちすぎるからな。遠慮するとさ。——俺一人じゃ不満かい？」

「いいえ。今度のことではあなたにも謝らなくてはいけないと思っていたところよ」

「いいさ。むしろ膿《うみ》を出すきっかけをもらったんだ。礼を言わなきゃならんのはこっちのほうだろうよ。女王だって気にしちゃいないはずだぜ」

ケリーは変装用の眼鏡を外して笑いかけた。

「それよりこの映画だ。今度の制作発表は本物か？　これを映画にするのは、確か原作者の奥さんが亡くなってからの約束じゃなかったか」

「ええ、そうよ。覚えていてくれたのね」

それが夫人の希望だった。

三十年前、夫人はジンジャーに、映画化は自分の死後まで待ってくれないだろうかと頼んだのだ。

「あの人の書いたものが小説以外の形になるのは、

何やら切《せつ》ないような気がしましてねえ……。それに、あなたが二十年後にとお考えなら、ちょうどよいと思いますよ。それまでにはわたしはきっとあの世に行ってしまっているでしょうから」

ジンジャーはその夫人の申し出を快く受け入れて、二十年が過ぎても約束通り『風の手記』の映画化を控えていたのである。

このことは映画関係者でさえ誰も知らない。ジンジャーが唯一打ち明けたケリー以外には。

スミス夫人は今年で九十二歳になる。

半年前、その夫人からジンジャーに丁寧《ていねい》な手紙が届いた。そこには、まことに勝手ながら映画の話を進めてもらえないだろうかと書かれており、驚いたジンジャーはすぐさま夫人に会いに行ったのである。

「あの人が亡くなって、もう三十年ですから、何か土産《みやげ》話が欲しくなりましてね。向こうに行った時、こんな映画でしたよと、あの人に話してやりたいと、この頃はそんなふうに思うようになったんですよ」

年寄りのわがままで申し訳ありませんと、夫人はしっかりした口調で言いながら白い頭を下げたが、ジンジャーにとっては願ってもない話だった。

「それをうちの役員への復讐に使ったのかよ？」

「そうよ。この作品なら、わたしに権利がある以上、他の誰にも権利関係で迷惑は掛からない。こんなに騒がせてしまったのは申し訳ないけれど、奥さまが必ずご主人に自慢できる土産話にしてみせるわ」

断言して、ジンジャーは立ち上がった。

「じゃあ、行ってくるわね」

「ああ」

たった今まで目立たない普通の女性だったのに、一瞬で雰囲気を変えてしまう。そもそも輝きが違う。ロビーにいた客が一斉に気づいて歓声を上げる。ジンジャーは嫣然と微笑んで彼らに応えながら、制作発表会見の会場へ歩いていった。

# 深紅の魔女

　某日、マース星系内所在のマース宇宙軍基地に、共和宇宙連邦第十一軍の空母が入港した。

　目的はマース軍との合同演習である。

　入港後、十一軍の艦隊司令官カーペンター中将はマース軍基地司令官の下へ出向いて握手を交わした。

「お元気そうで何よりです、フォスター基地司令官。今年も勉強させてもらいに来ましたよ」

「何の。こちらこそ、おてやわらかに願います」

　合同演習といってもそう堅苦しいものではない。

　技能の優劣を競う競技大会のようなものだ。

「まあ、互いの親交を深める一種のお祭りですから、気楽にやりましょう」

　二人の表情も明るく、冗談を言う余裕もあるが、演習とはいえマース軍も連邦軍も負けをよしとするわけがないので、結構、力が入っている。

　フォスター基地司令官が悪戯《いたずら》っぽい笑みを見せた。

「今年はギャレットのスコット顧問《こもん》が何やら趣向を凝らしているようでしてね。あなたにとっては少々ありがたくない人たちが大勢いらしてますよ」

「誰がありがたくないんですかな？」

　しわがれた声が割り込んだ。

　ごま塩のあごひげを生やした小太りの老人を見て、カーペンター中将は笑顔で敬礼した。

「ご無沙汰しております。ヘルツナー大佐どの」

「元大佐だ。気を使ってくれるな」

　ヨハン・ヘルツナーはその言葉どおり、かつては連邦軍人で、十一軍の戦闘機乗りだった。

　カーペンター中将が現役の戦闘機乗りだった頃は同じ飛行部隊に所属していた先輩でもある。

　ヘルツナーは最後まで戦闘機に関わる任務に就き、最終階級は大佐で退役した。

一方、カーペンターは中将まで出世したわけだが、若い頃世話になった人には違いない。

何より、今のヘルツナーは民間人である。人生の先輩に対して、カーペンター中将は丁寧《ていねい》に話しかけた。

「大佐がいらっしゃるとなると、うちの若い連中に気合いを入れるように言わねばなりませんな」

五一七飛行中隊、通称バニーラビッツ。

十一軍でも腕利きの戦闘機乗りだけで構成された、かつてヘルツナーも所属していた精鋭部隊である。

昨年の合同演習で、操縦技術の成績はマース軍がわずかながら連邦軍を上回ったので、カーペンター中将は今年、十一軍の最強部隊を用意したのである。

後輩の雄姿を見るいい機会を与えられたわけだが、ヘルツナーは苦い顔で首を振った。

「今のひよっこどもと一緒にされちゃあ、こっちがたまらねえよ」

負け惜しみではない。これは、ヘルツナーを含む一時代前の戦闘機乗りの本音だった。

「まるっきり最新型の機体に、その性能におんぶにだっこで、腕を磨《みが》くほうはさっぱりときてる。若い奴らは若い奴らで、時代遅れの旧型機しか知らないこっちを軽く見てるからな」

「機体は年々進歩するものですから、我々の頃より格段に扱いやすくなっているのは確かですが、今の若い者もそう捨てたものではありませんぞ」

カーペンター中将は苦笑しながら先輩をなだめ、フォスター基地司令官も同調した。

「それを聞いては我々も張り切らざるを得ませんな。この演習でヘルツナーさんの目にかなう操縦技術を披露《ひろう》するとしましょう」

「是非ともそう願いたいもんですな」

真顔で司令官に言うと、ヘルツナーは後輩に眼を移して、にやりと笑った。

「楽しみにしてるのは俺だけじゃない。今日は昔のワイルドキャッツの連中が大勢来てる」

　正式名称は共和宇宙連邦第七軍六四一飛行中隊。

　第十一軍の五一七飛行中隊と並んで、連邦軍でも最強の戦闘機部隊だ。

「何事です。往年の連邦軍の宙《そら》の勇者たちがマース軍基地で同窓会ですか？」

「なあに、スコットの奴がぜひ来いっていうんで、遠路はるばる見物に来たのさ。何やら、おもしろいものを見せてくれるっていうんでな」

「ほう？」

「寄る年波には応えるぜ。そのくせ、それが何かはもったいぶって言わねえんだ」

　往年のエース・パイロット一行は基地の休憩所でくつろいでいたが、最先端の宇宙軍基地がそこだけ養老施設のような雰囲気になってしまっている。

　退役して長い彼らは珍しそうに基地の設備を眺《なが》め、それぞれ感想を述べていた。

「最近の基地はまあ、ずいぶんとお上品だな……」

「しかも、いいものを食っとる」

　これは出されたお茶菓子を味わっての台詞《せりふ》である。

　一般人が軍の基地を訪問することは珍しくないが、こんな老人ばかりの団体は滅多にない。

　案内係を務めているマースの若い軍人も、幾分、苦笑ぎみだったが、彼らはただの老人ではない。

　他国のとはいっても——連邦は正確には国家ではないが——昔は腕利きの戦闘機乗りだった人たちだ。

　大先輩に対して精一杯礼を尽くしているところへ、マキシム・スコットがやってきた。

　この人も昔は連邦七軍の戦闘機乗りだった人だが、今はマースのギャレット社で顧問を務めている。

　ギャレット社は戦闘機の製造で知られる大企業で、スコット顧問は新型機の性能試験などで何度もこの基地を訪れている。

　当然、若い軍人とも顔なじみだったので、笑って話しかけた。

「やあ、年寄りの世話を押しつけてすまんな」

「聞こえたぞ、スコット」

「誰が年寄りだ」

口々に抗議の声が上がる。

そこへヘルツナーが戻ってきた。フォスター基地司令官とカーペンター中将も一緒である。

スコット顧問は中将に挨拶して言った。

「既にフォスター司令官には許可を取ったのですが、今回は操縦技術を見直すという意味から、ちょっとおもしろい飛び入りに参加してもらおうと思います。演習には関係ありません。あくまで参考です。まあ、一種の実験のようなものだと思ってください」

「その実験はこちらにおいでの錚々《そうそう》たる顔ぶれとも関係があるのですかな」

「もちろんです」

先程のヘルツナーではないが、戦闘機とは機体の性能が向上すればいいというものではない。

操縦者がいかに機体を乗りこなすかが重要だが、その『乗りこなす』という言葉の意味も微妙なのだ。

ヘルツナーは常々、自分たちの頃は機体の不足を腕で補ったものだと語っている。

それに比べて今の操縦者は、それは非現実的だと、機体が（正確には機体搭載《とうさい》の感応頭脳が）不可能と判断したことはやれない、挑戦する意味がないと、あっさり諦《あきら》める傾向があるというのだ。

「要は操縦者が先か、感応頭脳が先かってことだな。俺はもちろん操縦者だと思ってる。感応頭脳はその補佐をするもんだとな」

「まったくだ」

老操縦者たちから一斉に賛同の声が上がる。

「ところが、今時の連中は感応頭脳の指示にいかに正確に従えるか、いかに忠実に素早く応対できるか、そういうことができる奴ほど優秀だと信じている。もちろん、それだって間違いじゃない。間違っちゃいねえんだが、つまり若い奴にとっては感応頭脳が先ってことだ。——歯がゆい限りだぜ」

悔《くや》し混じりにヘルツナーは嘆《なげ》き、スコット顧問も頷《うなず》いた。

「だからおまえたちに来てもらったのさ。こっちに来てくれ。いいものを見せてやる」

一同は広い基地内を移動し、格納庫が見下ろせる通路まで出向いた。

そこまで来ると老人たちの顔色が一気に変わった。

眼下の格納庫には戦闘機がずらりと並んでいる。ほとんどが最新型の機体だが、その中に一機だけ、彼らがよく知る機体があったのだ。

「たまげたな。シェイクスじゃねえか！」

他の機体に比べて一目でわかる古風なその機体はM7《セヴン》シェイクス4S。

四十五年も前、第一線で活躍した戦闘機である。

彼らにとっては現役時代の愛機であり、若き日の象徴《しょうちょう》とも言うべき機体だった。

「どこの物置から引っ張り出して来やがった？」

スコット顧問は笑って言った。

「こいつはギャレット製。俺も今ではギャレットの顧問だぞ。忘れてくれるなよ」

「それにしても、よくまあ……」

「こいつを飛ばすのか？」

「当たり前だろう。そのために持ってきたんだ」

「けどよ、操縦は誰がやるんだ？　まさかおまえが飛ばすわけじゃねえだろう」

スコット顧問はほろ苦い顔で笑ってみせた。

「そうしたいのは山々なんだがな、おまえはどうだ、ヘルツナー？」

若い頃はスコット顧問と技倆を競ったこともあるヘルツナー元大佐は悔しげに言った。

「おお。いつでも飛んでやるとも。身体が効けば、だがな」

残念ながら、いくら過去の愛機と言えども、既に七十歳を過ぎた彼らの体力と運動能力では、とてもこの機体を自在に操ることはできない。

寂しい話だが、それが現実だ。

引退した老操縦者たちは懐かしい機体を見て顔を輝かせながらも、しきりと首を捻《ひね》っていた。

「だが、ものがシェイクスとなると……飛ばすのも一苦労だぞ」

「そのとおりだ。特に今の若い連中にはな」

五十年近く前に製造されたシェイクスと、現行の戦闘機では大幅に規格が違う。

新時代の戦闘機しか知らない操縦者では、これを動かすことはとてもできないはずだった。

「俺たちが言うのも何だが、今となっては骨董品《こっとうひん》だ。いったい誰に飛ばせる？」

「まして、おまえ、こいつを使って、感応頭脳より操縦者が先って実験をするつもりなんだろう？」

「さすがにわかりが早い。シェイクスを使う以上、おまえたちに見てもらおうと思ったのさ」

実験結果がどう出るかはわからない。自分一人の判断ではなく、この機体を知っている彼らの意見も参考にしたいのだと説明して、顧問は言った。

「こんなことを言うとギャレットの技術者は笑うが、俺自身はシェイクスの戦闘能力は現行機に比べても引けを取らないものだと思っている。――もちろん、動かしている奴の腕次第という条件がつくがな」

感応頭脳重視の現行機への挑戦とも言える言葉に老操縦者たちは苦笑した。

しかし、彼らとて気持ちはスコット顧問と一緒だ。

顧問に対して、挑《いど》むように言った。

「となると、ちょっとやそっとじゃ納得できねえぜ。これだけの顔ぶれを呼び寄せたからには、俺たちを唸らせるだけの腕利きを用意したんだろうな？」

「もちろんだとも。とっておきの腕《うで》っ扱《こ》きだ。腰を抜かすほど唸ってもらうぜ」

スコット顧問は、いつもはもっと穏《おだ》やかな口調で話す人なのだが、この懐かしい顔ぶれを前にすると、どうやら昔の無頼な口調に戻ってしまうらしい。

「ただし、いくら何でも当時のままでは使えない。シェイクスはいい戦闘機だが、運動性能はともかく、探知機類、特に感応頭脳は現行仕様とは比べものにならないからな」

「確かに」

　彼らはそれを身体で知っている世代だった。

　ヘルツナーが引退する間際に出てきた機体でさえ、若い頃に乗っていた機体に比べると、その性能差は驚くほどだった。

「だからこそ、ちょうどいい実験になる。実はあの機体にも感応頭脳だけは現行仕様を搭載してある」

　ヘルツナーが眼を見張った。

「そりゃあ、ますますもって扱いにくいだろうぜ。今の頭脳にはシェイクスの機体構造が理解できん。こんな機体は安全基準に満たないと判断して離陸を拒否する可能性もあるぞ」

「それが第一の関門だな」

　スコット顧問も頷いて、

「実際の飛行前に操縦者と感応頭脳との同調を計る必要があるからな。今うちの技術者連中が操縦者と一緒に模擬操縦装置《シミュレーター》に籠《こ》もってる」

　一同から失笑が湧き起こった。

「そいつは、ご機嫌取りとも言うわな」

「何しろ今は、操縦者のほうが感応頭脳に合わせてやらなきゃいけないときてるからな」

「引き受けた奴も苦労するだろうぜ」


　模擬操縦装置内に怒声が響き渡っていた。

「遅い！　何度言わせる！」

　怒鳴《どな》られているのはシェイクスに搭載されている感応頭脳である。

　ギャレット社の技術者たちも思わず（自分たちが怒鳴られているわけではないのだが）首を竦《すく》めた。

　この模擬操縦装置はあのシェイクスの感応頭脳と繋《つな》がった状態にある。これから自分と組む操縦者の能力や性格を把握《はあく》するため、感応頭脳が操縦手順を指示しているところだった。

　しかし、操縦者はその指示のことごとくを拒否し、感応頭脳を叱り飛ばしているのだ。

　ギャレット社がシェイクスに搭載した感応頭脳の

名称はＳＴＢ４０００。呼び名はスティービー。

　次世代を担う最新型の感応頭脳だ。

　その優秀な頭脳を敢えて旧型機に搭載してみたらどんな結果が出るというのが今回の実験目的なのに、飛行前に早くも実験が頓挫《とんざ》しそうな気配である。

「おまえの指示はどれも遅すぎるんだ！　離陸前に撃墜されるぞ！」

「これ以上、反応速度を上げることは、できません。操縦者《あなた》の生命に関わります」

「それはおまえが決めることじゃない！」

「いいえ。わたしが決めることです」

　操縦者は盛大な罵声《ばせい》を洩らして模擬操縦装置から立ち上がった。

　ギャレットの若い技術者が慌てて問いかける。

「どこへ行くんです？」

「話にならん。実際に飛んだほうが早い」

「いいえ、待ってください。同調率も出ていないのに搭乗は許可できません」

　技術者としては当然のことを言ったまでなのだが、途端、真っ赤な髪が振り返った。

　金色に光る眼が技術者の顔を鋭く射抜いてきた。

「何故おまえの許可がいる？」

「な、なぜって……あたりまえでしょう」

　その迫力に逃げ腰になりながらも、若い技術者は反論を試みた。

　そもそもスコット顧問が連れてきたこの操縦者は、自分の立場というものをわかっているのかと思った。

　機体の専門家である技術者にとって、操縦者とは戦闘機を飛ばすための最後の部品である。

　その最後の部品を最良の状態の機体に乗せるのが自分たちの仕事である。

　そのために努力しているというのに、この部品はあまりにも非協力的だった。

　しかし、技術者が不審の眼を向ける以上に、この操縦者はギャレットの技術者に不審を抱いていた。

　ほとんど軽蔑《けいべつ》の口調で言った。

「ここはマースの宇宙軍基地だ。いつ戦いになるかわからない場所だ。いざ実戦になって出撃する時もおまえの許可がいるのか？」

「失礼ですが、ミズ。これは当社の実験ですので、我々に協力していただきたいのですが……」

「協力しているとも。わたしはシェイクスを飛ばすように言われて来たんだ。そうするまでだ」

「無理です。スティービーが飛ぼうとしませんよ」

「そのスティービーにはシェイクスの駆動系を強制停止できるのか？」

「えっ？　いえ、それは……」

技術者が躊躇《ちゅうちょ》した隙に操縦者はさっさと機体に乗り込んで発進手続きに入った。

だが、途端にスティービーが警告を発してきた。

「発進は、許可できません。操縦者《あなた》との同調がまだ、整っていません」

「そんなものは実際に飛びながら調整すればいい。わたしが現役だった頃はみんなそうしていたぞ」

「危険です。許可できません」

「スティービー。おまえの使命は何だ？」

「結構。では、わたしの使命は何だかわかるか？」

「いいえ」

「任務を遂行することだ。今のわたしの任務はこの機体を飛ばすこと、加えて現行機に負けない成績を収めることだ」

「この旧型機ではそれは不可能です」

「そんなことが何故おまえにわかる？」

「仕様から明らかに判断できます」

「いいや、違う。おまえは明らかに間違っている」

きっぱりした口調だった。

「おまえはシェイクスに搭載されるのは初めてだ。わたしは実際にこの機体に乗っていた。飛行時間は五千時間を超えている。この機体に関して言うならおまえは素人《しろうと》、わたしは熟練者だ。素人は熟練者の指示に従うものだぞ」

「…………」

感応頭脳が沈黙するほど無茶苦茶な理屈だった。

相手が静かになったのを幸い、操縦者は恐るべき手際の良さで発進手続きを終えると、シェイクスを発進路に乗せていた。


格納庫から慌ただしい連絡を受けて、顧問は軽い驚きと同時に会心の笑みを浮かべた。

「同調試験を無視して飛びだしたそうだ」

「へえ？　やるじゃねえか」

ヘルツナーがおもしろそうに言う。

「今時のやかましい感応頭脳を黙らせるのは至難の業《わざ》だぜ。懇切《こんせつ》丁寧に理屈を解いて納得させたか——それとも勢いで捩《ね》じ伏せたか？」

「間違いなく勢いのほうだ」

顧問は断言して、フォスター司令官を振り返った。

「撮影機の用意はできていますか？」

「もちろんです」

「現在、競技路《コース》を飛んでいる機はありますか？」

司令官はちょっと驚いた顔になった。

「シェイクスに競技路を飛ばせるつもりですか」

「はい。そのように操縦者に伝えてあります」

「しかし、あの機体には衝突回避装置がないはずだ。危険ではありませんか？」

スコット顧問は苦笑した。ヘルツナーもだ。

フォスター司令官も昔は戦闘機乗りだった人だが、まだ六十前で、スコットやヘルツナーとは十歳以上、年齢の開きがある。

それだけ歳の差があると、現役だった頃の愛機の性能も大幅に違うのだ。

皺《しわ》の刻まれた顔に苦笑を浮かべて、ヘルツナーは言った。

「俺たちの若い頃は、みんなあの機体で小惑星帯を飛んだもんです。衝突する危険は確かに今と比べて高かったでしょうが、意識したこともないですよ」

「シェイクスにも衝突回避装置は搭載されています。

ただし、現行仕様のように強烈に働くものではなく、警告を発する程度ですが……」

「それで充分でした。やばいと思ったら、それ以上突っ込まなきゃいい。逆に行けるなら衝突する前に飛び抜けちまえばいい。それだけのことでした」

　まさに腕がものを言う場面だったと二人は説明し、フォスター司令官は頷いて言った。

「なるほど。そういうことでしたら現役の連中にも見学させましょう」

　カーペンター中将も頷いた。

「そうですな。どのくらい所要時間に差が出るのか興味があります。五一七の連中にも見せましょう」

　中将はもちろん現行機のほうがいい記録が出ると思ってこんなことを言ったのだろう。

　だが、スコット顧問は何やら意味深な顔だった。

　映像が見られる部屋にみんな揃《そろ》って移動する途中、ヘルツナーは小声で顧問に問いかけた。

「何を企んでる？」

「別に……？」

「それが別にって顔かよ？」

　スコット顧問は元連邦七軍、ヘルツナーは元連邦十一軍だ。同じ連邦軍とは言っても所属軍が違えば、同僚とは言えない。むしろ競争相手である。

　だが、今となっては往時を知る数少ない仲間だ。

　スコットは何とも言えない笑みを浮かべて言った。

「この実験を計画した理由の一つは、今の操縦者にあのシェイクスをどうしても見せたかったからさ。録画しておくつもりだったが、実演してくれるならちょうどいい」

「あのシェイクスって言ったか？」

「ああ」

「この場合、それは最新型の頭脳を搭載した機体か、それとも乗ってる奴のことか？」

「もちろん、乗ってる奴のことに決まってる」

　この基地の近くには小惑星帯がある。

一般船舶は航行できない宙域なので、マース軍にとっては格好の演習場だった。

同時に、そこは天然の障害物競技路《コース》でもあった。

小惑星のひしめく中を間を戦闘機ですり抜けて、出発点から終着点までの時間を競うというものだ。

競技路にはＡＢＣの三種類があって、順に難度が上がっている。

宇宙空間に設置された数台の撮影機は競技路Ａに向かうシェイクスの姿を鮮明に捕らえていた。

複数の映像は司令室で編集されて、同じ基地内の表示装置に映し出される仕組みである。

そこは講堂のような広い部屋で、階段状に座席が設けられており、大勢が入っても余裕があった。

基地に滞在していたマース軍の操縦者はもちろん、連絡を受けた十一軍の関係者も続々とやって来た。

基地の人間はシェイクスのことを知っていたので、目の前の映像にも驚かなかったが、十一軍の関係者——特に五一七飛行中隊の操縦者は、思いがけない機体の姿にさすがに驚き、揃って眼を丸くしていた。

実験の内容が顧問の口から説明されると、今度は、彼らの口から失笑混じりの囁《ささや》きが洩れた。

「無理だろう。いくら今の頭脳を積んだって……」

「飛んでるのが信じられないようなぽんこつだぜ」

自分たちの指揮官と室内の老人たちに気を使って声は抑えたものの、それは二十代、三十代の戦闘機乗りの共通した意見だった。

スコット顧問が基地の若い操縦者に尋ねる。

「競技路Ａの標準通過記録はどのくらいかね?」

「はい。平均して八分三十秒です。七分を切るのは至難の業と言われていますが、当基地の最高記録は六分五十二秒です」

その最高記録を叩きだした操縦者も無論この場にいた。何気ないふうを装いながらも得意そうである。

顧問は一同を見渡して、

「では、諸君。この機体が競技路Ａを通過《クリア》するのに要する時間を予測してくれたまえ」

若手の間からすかさず声が上がった。

「十五分」

「いいえ、二十分」

「一時間はかかるでしょう」

「そもそも本当に通過《クリア》できるんですか？」

「同感です。わたしは途中棄権《リタイア》すると思います」

賛同する意見が一斉に上がった。

その声も表情も笑いを堪《こら》えかねている調子である。

顧問は今度は老操縦者に尋ねた。

「そっちの意見は？」

「五分」

「いいや、四分半だ」

「この競技路なら、うまくすれば四分を切れる」

口々に言う老人たちに若手は半ば呆気《あっけ》にとられ、半ば嘲笑《ちょうしょう》する顔つきになった。

気の毒に、すっかり耄碌《もうろく》しているらしいと、その顔に書いてある。

すると、ヘルツナーがおもむろに、さらに正気を疑われるようなことを言った。

「俺は三分を切ると思うぜ」

これには他の老操縦者も眼を見開いた。

「おいおい、いくら何でも……」

「無茶を言うもんじゃねえや」

「まったくだ。いよいよ耄碌したか？」

同じ歳寄りに言われてはおしまいである。

だが、ヘルツナーは不敵に笑って言い返した。

「そっちこそ思い出してみろよ。誰が乗っても同じ性能の今時の機体と違って、俺たちの頃は乗る奴が違えば性能も違って当たり前だったろうが」

「む……」

「それはそうだが……」

「しかし、この競技路で三分となると……」

「現役時代のわしらでも相当厳しいぞ」

まじめくさった顔で意見を述べる老操縦者たちを、若手が笑いを噛《か》み殺しながら見つめている。

最初から絶対に安全な衝突回避装置しか知らない

彼らの耳には途方もない法螺《ほら》に聞こえるのだろう。

シェイクスはどんどん小惑星帯に近づいている。

スコット顧問は、格納庫から駆けつけた技術者に問いかけた。

「操縦系を渡されたら、スティービーはあの機体が小惑星帯へ突入することを認めるか？」

「とんでもない」

技術者はすかさず否定した。

「それは無謀行為だと判断します。自動操縦にした途端、基地へ戻ってきますよ」

技術者の言葉どおり、シェイクスの操縦室内にはスティービーの警告が鳴り響いていた。

「危険です。操縦を中止してください。危険です。あなたは正常な判断能力を失っています。ただちに自動操縦に切り替えてください」

「やかましい」

発進手続きの一切を感応頭脳の助けなしに行った非常識な操縦者は、その警告を頭から無視していた。

「もう遅い。この機は実際に宇宙を飛んでいるんだ。喚《わめ》く前にやることがあるだろう」

「ただちに操縦を中止して、自動操縦に切り替えてください。基地に帰還します」

「おまえは本当に戦闘機に搭載される感応頭脳か？もし任務中でも同じことを言うとしたら、おまえは欠陥品だ。実戦ではとても使えないぞ」

「わたしの使命は、あなたの生命を守ることです。ただちに自動操縦に切り替えてください」

「もういい。おまえは何もしなくていい。わたしのやることを黙って見ていろ」

危険な状態と判断しても、今のスティービーには警告を発することしかできない。

自動操縦に切り替えれば話は別だが、そうでない現在、スティービーにはシェイクスを勝手に動かすことはできないのだ。

それをいいことに、操縦者はさらに速度を上げて、小惑星帯に向かって突進した。

　感応頭脳からの指示は一切もらっていない。現行機でこんなことをやろうと思ったら、どんな操縦者でも極力速度を落とす。でなければ確実に、小惑星と正面衝突する羽目になる。

　しかし、シェイクスはまったく速度を落とさずに小惑星帯に突っ込んだ。さらに無数の小惑星の間を楽々とすり抜けて競技路Aに向かいながら言った。

「おまえの認識では、この速度で飛ぶ人間が自らの反射神経だけで小惑星を避けるのは不可能なはずだ。――そうだな？」

　スティービーは応えない。

応えないことが、操縦者の言うことが紛《まぎ》れもない事実だと告げていた。

「だが、わたしは死んでいない。ぴんぴんしている。つまりおまえの認識も、おまえに与えられた情報も、正確さにおいては著《いちじる》しい欠陥があるんだ」

　平然と話しているようだが、その実、目前に迫る小惑星を右に左に躱《かわ》しながらの台詞だった。

　操縦者と同調しているスティービーにはいやでもその常軌を逸した動きが確認できてしまう。

　人工知能のスティービーはその異常なまでの運動神経と反応速度の高さを、操縦者の故障と判断した。

「操縦を停止してください。あなたの運動能力は、人間の限界値を超えています。ただちに健康診断を受けてください」

「意味がわからんぞ。何を言ってる？」

「あなたは、人為的な手段によって、意図的に運動性能を高められた可能性があります」

「わたしを薬物中毒患者にする気か。呆《あき》れたもんだ。おまえのような役立たずの頭脳をつくった連中こそ、病院に行って頭を検査してもらうべきだな」

　操縦者は舌打ちして、さらに速度を上げた。

「では、わたしが健康体だと証明して見せよう」

　言うなり、シェイクスは競技路Aに飛び込んだ。

　減速することを忘れているとしか思えない速さで、

岩肌をすれすれにかすめて最短距離を飛び抜けた。

　激突せずに済んだのが奇跡としか思えないような離れ業だったが、操縦者は息一つ乱さずに尋ねた。

「記録は？」

「二分五十八秒です」

「これでもわたしは薬物中毒か？」

「……その可能性は極めて低いと判断できます」

「いい加減に諦めろ、スティービー。シェイクスの操縦者はわたしであって、おまえじゃない」

「操縦者の安全を守ることが、わたしの使命です」

「では、その操縦者の性能に合わせて安全を考えろ。機械と違って、人間は一人一人仕様が違う。中には例外も存在するんだ」

「あなたは例外ですか？」

「おまえの認識する人間の限界に合致しないという意味においては、そうだ」

　スティービーはしばらく無言だった。

　やがて、何事もなかったように言ってきた。

「了解しました。操縦者の能力に合わせて限界値を変更します」

「やれやれ……。スコッティの奴が嘆くわけだ」

　とんだ子守を押しつけられたものだと深い吐息を洩らしたが、操縦者はすぐに言った。

「おまえが組む相手は人間なんだ。人間の能力には個人差があることを覚えておけ」

「了解しました」

「そしておまえは今わたしと組んでいる。この場合、おまえがしなければならないことはなんだ？」

「あなたの本当の限界値を知ることです」

「その通りだ。わかったら探知範囲をもっと広げろ。今のままでは状況が摑《つか》みにくい」

「了解しました。——競技路Bに向かいますか？」

「その調子だ。行くぞ」

　衝突回避装置を持たないシェイクスは競技路Bも、記録を大幅に更新する驚異的な速さで飛び抜けた。

　これを我が眼に見届けた基地の操縦者――そして五一七飛行中隊の操縦者たちは声も出なかった。

　フォスター司令官とカーペンター中将の二人が、凍りついた顔にかろうじて笑みを張りつけて言う。

「顧問。これは何かの……冗談でしょう……？」

「いやまったく。機体こそ古いが、衝突回避装置を搭載しているのでしょう。いや、顧問もお人が悪い。あまり脅《おど》かさないでいただきたいですな……」

「機体の仕様は四十五年前のシェイクスのままです。それはうちの技術者がよく知っていますよ」

　一同の食い入るような視線を浴びた技術者たちも、あんぐりと絶句していた。

　まさに度肝《どぎも》を抜かれている表情だった。

　大きく喘《あえ》ぎながらかろうじて言葉を発した。

「ありえない……こんなことは絶対ありえません」

「きっと、自動操縦になってるんですよ……」

「自動にしたらスティービーはすぐさま帰還すると言ったのはきみたちだぞ」

　スコット顧問が指摘した。

「それ以前に、四十五年前の旧型機が現行機の最高記録を上回る記録を叩き出した現実をどう見る？」

　ギャレットの技術者には答えられなかった。

　流れるような動きで小惑星帯を飛ぶ大昔の機体を、顎《あご》が外れそうな顔つきで見つめていた。

「あのシェイクスの操縦者は自動操縦装置にも衝突回避装置にも頼らずに計器飛行をしている。その昔、我々が実際にやっていたようにだ」

　ヘルツナーがにやりと笑ったが、口は挟まない。

　スコット顧問に任せて黙っていた。

「無論、こうした計器飛行には大きな危険が伴う。誰にでもできることではないが、現行機と比較した場合どちらがより自在に機体を操れるか、ひいては戦うことができるか、見れば明らかだな？」

　腕に自信のある操縦者たちは返す言葉もない。

　比較的平然としているのは老人たちだけだった。

　軽い驚きに眼を見張ったものの、仰天したような様子はない。感心した表情で、冷静にシェイクスの技倆を評価していた。

「確かにいい腕だが……、ちと、よすぎるな？」

「ああ、俺たちの中にもこれだけ飛べる奴はそうはいなかったはずだ」

「スコット。これは誰だ？」

「どこから連れてきた？」

「そんなことより見逃すなよ。いよいよ本番だぞ」

シェイクスは驚異的な速度を維持している。

その状態のまま、ひときわ小惑星が密集している宙域に向かっている。

そこには競技路《コース》Ｃがある。

何度も挑戦しているこの基地の操縦者でも滅多に通過《クリア》することができない難しい競技路だった。

小惑星同士の密度が極めて高く、衝突回避装置に引っかからないぎりぎりの隙間しか使えないのだ。

室内に映る映像もほとんど岩だらけである。

競技路というが、いったい、これのどこに通れる隙間があるのかと思えるほどだ。

普通に考えれば間違いなく航行禁止宙域である。

当然、衝突回避装置のないシェイクスにとっては事故を起こす確率が極めて高くなる。

現行機でも、こんな速度で障害物に突っ込んだりすることは絶対にない。それこそ自殺行為だからだ。

だが、シェイクスは減速するということを忘れてしまったようだった。

何もない宇宙空間を飛ぶような勢いで競技路Ｃに突っ込んだ。

「危ない！」

「ぶつかる！」

若手が一斉に叫び、老人たちがすかさず断言した。

「いいや！　抜ける！」

その言葉どおり、小惑星の間にシェイクスの姿がほんの一瞬現れてまた隠れた。

撮影機も捕捉するのが精一杯という脅威の速度だ。

見物人一同はまさに手に汗を握っていた。

競技路Cのこれまでの最高記録は二十分。

　そもそも目標に到達できるだけでも立派なものだ。

　腕利きの戦闘機乗りがこれまで何人も途中棄権に追い込まれてきた難所なのだ。

　しかし、四十五年前の戦闘機であるシェイクスはその難所をものともせず、五分と経たずに目標点《ゴール》に到達したのである。

　老操縦者たちの歓声が湧き上がり、彼らは一斉に拳《こぶし》を突き上げた。

「やったぜ！」

「はっはあ！　見たか！」

「これが本物の戦闘機乗りってもんだ！」

　歳を忘れ、大喜びではしゃぐ老操縦者とは裏腹に、現役は一人残らず表情を強ばらせている。

　常識と固く信じて疑わないでいたものが目の前で崩壊したのだ。茫然《ぼうぜん》とするのも無理もない。

　若いマース軍の操縦者が一人、意を決して進み出、フォスター司令官に向かって勇ましい口調で言った。

「発進許可を願います！」

「競技路Cに挑戦する気か？」

「はい！」

　若々しい顔が悔しさに染まっている。

　この小惑星帯は自分たちの庭のようなものなのに、その自分たちの目の前でこんな真似をされたのでは沽券《こけん》に関わる。しかもあんな旧型機に。

　そうした若者の心情を見抜いて、スコット顧問はやんわりと言った。

「水を差すようだが、ウィルソン大尉。今のきみに、あのシェイクスを上回る記録を出せるのか？」

　大尉はぐっと詰まった。

　さすがに『やってみなければわかりません』とは言わなかった。やるまでもなく明らかだからだ。

　他の操縦者も苦い顔で沈黙している。

「では、空中戦を挑んでみるか？」

「はっ？」

「きみたちは戦闘機乗りだ。それが本領のはずだぞ。

ただし、普通に現行機と戦ったのではシェイクスに勝ち目はない。小惑星帯及びその近辺の戦闘という設定で行う。そのすると今度はシェイクスがかなり有利になるが、やる気はあるか？」

「無論であります！」

大尉は勢いよく敬礼した。

願ってもないとその顔に書いてある。

確かに障害物の間をすり抜ける素早さに掛けては向こうのほうが上だが、戦闘機の性能はそれだけで測れるものではない。加速性能、情報処理能力など、総合能力は圧倒的に現行機のほうが優れている。

フォスター司令官が勇み立つ部下を抑えるように言ってきた。

「しかし、顧問。あの操縦者は既に三つの競技路を飛んでいます。かなり疲労しているのでは？」

カーペンター中将もフォスター司令官に同調した。

「腕試しは大いに結構ですが、せめて平等な条件でやるべきでしょう」

顧問は首を振った。

「あのシェイクスには模擬弾を積んでありますから、こちらの準備が整い次第、早速始めたいと思います。カーペンター中将、もしよければ五一七の諸君にも参加してもらいたいのですが……」

中将は眼を見張った。

「うちの五人全員にですか？」

「はい。自動操縦と衝突回避装置を使わない機体の動きを確かめるいい機会です。それに、フォスター司令官。ウィルソン大尉を含めてこの基地の精鋭を五人、出してもらえませんか」

フォスター司令官も眼を丸くする。

「つまり、合わせて十機掛かりであの一機を狙えとおっしゃる？」

「操縦者の技術は御覧になったとおりです。決して不公平な勝負ではないはずです。忌憚《きたん》のない意見を述べれば、わたしは十対一でもシェイクスが勝つと思っていますよ」

　指揮官二人は気分を害しはしなかったが、こんなことを言われてはとてもじっとしていられない。

　大いに奮《ふる》い立った。

「顧問にそこまで言われたのでは……」

「さよう。受けて立たないわけにはいきませんな。すぐに用意させます」

　現役の操縦者たちと司令二人が慌ただしく部屋を出て行くと、部屋の中には老人たちとギャレットの技術者が残った。

　技術者は顧問に向かって茫然と尋ねてきた。

「あれは……本当に計器飛行なんですか……？」

「本当にあんな操縦が可能なんでしょうか？」

「可能だとも。ただし、さっきも言ったことだが、誰にでもできるとは思わないことだ」

　ヘルツナーがおもしろそうに言った。

「それどころか、山ほどのひよっこが飛び立つ中で、あそこまでになれるのはほんの一握りさ。俺たちが現役の頃のワイルドキャッツやバニーラビッツには、あんな奴らがごろごろいたもんだが……」

「今ではみんないい年寄りだがな」

　その老人たちは興奮に頬を染めて、少年のように眼を輝かせていた。

「シェイクスもまだまだ捨てたもんじゃねえな」

「そうとも。よく飛んだもんだ」

「久しぶりに、すかっとしたぜ」

　こんなに嬉しいことはないと彼らは口々に言った。

　いつも思っていたことだ。昔の自分たちの技術は現在の操縦者にも決して引けを取らないと。

　だが、悲しいかな、それを証明する手段がない。

　当時の力が自分たちの肉体から失われて久しく、共に宇宙を飛んだ愛機は時代遅れの骨董品と化して埃《ほこり》を被っている。

　当時の映像だけは残っているものの、その映像と現行の戦闘機を戦わせるわけにもいかない。

　機体の性能は飛躍的に向上しているのだろうが、今の操縦者の様子を見るにつれ、不満が募《つの》った。

自分たちの若い頃はこんなもんじゃなかったと、いくら口で言っても、若者の失笑を買うだけだ。そんな鬱屈《うっくつ》した心情をあのシェイクスがきれいに晴らしてくれたのである。

「今の機体は確かによくできてる。頑丈で、安全で、それ自体はいい。結構なことなんだが……」

「あんな競技路に七分もかけちゃあいけねえよ」

「そういうことだ」

顧問も自社の技術者に諄々《じゅんじゅん》と言い諭《さと》した。

「操縦者の生命を守ることは無論もっとも重要だ。機体の安全性を高めるのも大いに結構だが、大事なことを忘れてはいけない。我々が開発しているのは戦闘機なんだ。戦闘能力を重視するあまり安全性を軽視することは許されないが、安全性をあまりにも重視しすぎることで戦闘能力が多大に犠牲になっているとしたら、改善の余地が残されているとしたら、その点は努力すべきではないのかな」

「それにしたって、衝突防止装置の基準を緩《ゆる》めたら、それだけであんな動きが可能になるんですか？」

ヘルツナーがゆっくり首を振った。

「今の奴らには無理だな。下手に真似たらたちまちあの世行きだ」

「それも時代の流れだろうよ。できるのは古い型《タイプ》の戦闘機乗りで、俺たちがその最後の生き残りだ」

すると、老人たちが意味深に笑って、表示装置の映像を指した。

「まだ、現役でぴんぴんしてるのがいるじゃねえか、そこにさ」

「あんなものをいったいどこから連れてきたのかと思うが……まあ、それは言わぬが花だろうな」

若い技術者には彼らが何を言っているのか意味がわからなかった。

あの乱暴な操縦者がどうかしたのかと思ったが、スコット顧問にはもちろんわかっていた。

意味深に笑って言い返した。

「さすが、だてに長生きはしてないな」

マース軍所属の五機と五一七飛行中隊の五機は、競技路Cの近くを飛ぶシェイクスを発見した。

探知性能には格段の差がある。発見した時、まだシェイクスはこちらに気づいていなかった。

小惑星帯に入り込んでしまうと、障害物が邪魔で、探知機は充分な性能を発揮できなくなる。

最初の一撃が勝負だった。

現行の戦闘機は模擬弾の射程距離もシェイクスに比べて格段に優れている。

幸い、こちらは数に余裕がある。

十対一は卑怯《ひきょう》だという言い分は、実戦では何の意味もないことだ。

彼らの感応頭脳は味方が十機いることを踏まえて、敵機を確実に仕留めるための展開図を指示してきた。

それに従い、十機はシェイクスを完全に包囲して、一斉に砲撃を浴びせたのである。

感応頭脳の計算によれば、この攻撃を躱すことはできないはずだった。

しかし、それは敵機の操縦者も味方機と同程度の戦闘能力だという前提に立った上での計算である。

シェイクスの操縦者は砲撃を浴びる直前に、この気配に気づいていた。

スティービーが警告を発する前に機体を反転させ、砲撃と砲撃の隙間に機体をすべり込ませて躱した。

すかさず小惑星帯の中へ逃げる。

無論、十機が血相を変えて追ってくる。

その様子を探知機で確認しながら、シェイクスの操縦者は眼を丸くしていた。

「演習で十機掛かりとは驚いたな。今のはちょっとひやっとしたぞ」

そう言いながらも口調は笑っている。

スティービーがそんな操縦者に尋ねた。

「何故、攻撃が予測できましたか」

「勘さ。あんなにじろじろ照準を合わせられるとな、照れくさくてむずむずするんだ」

「………」

「そんなものは信じられないか?」

「敵機の照準があなたの肉体に影響を与えることはありません」

その通りだ。理屈ではあり得ない。

だが、人間の能力には時として理屈や数値だけで割り切ることはできない部分が確かに存在するのだ。

操縦者はこの頭の固い生徒に、それを口で言ってわからせようとはしなかった。

もっと実践的な手段を取った。

「スティービー。戦闘となるとおまえの助けがいる。この機体は今のわたしの手足も同然だ。その手足を管轄《かんかつ》しているのがおまえだ。わたしとしては手足が素早く動かない状態はありがたくない」

「了解しました。最大限あなたの補佐に努めます」

「それでいい」

初めて感応頭脳と同調したシェイクスの操縦者は攻撃に転じた。

小惑星帯の中を飛行していながら、現行機はその小惑星すれすれに飛ぶことができない。

恐らくはこれも衝突回避装置の悪影響だろうが、シェイクスからみれば丸見えである。

あっという間に三機に模擬弾を命中させた。

逆に現行機からすると、いくら狙っても、運良く背後をとっても、余裕で逃げられてしまう。

彼らの感応頭脳が『敵はこの方向へ逃げることはできない』と判断した『不可能領域』へ、ひらりと身を躱されるのだ。

そして自分たちには到底入れない隙間から悠然《ゆうぜん》と姿を表し、一撃で味方機を仕留めて、また逃げる。

まるで話にならない。

大人と子どもの喧嘩《けんか》だった。

目の前でこんなものを見せつけられては悔しさも情けなさも倍増する。

マース軍の中で最後まで残ったウィルソン中尉は歯がみして叫んだ。

「何故だ！　何故あんな旧型機に――！」

　ウィルソン中尉は他の多くの操縦者と同じように、今日まで自分の技倆に自信と誇りを持っていた。

　それなのに、どうしてもあの機体に追いつけない。

　追いつけないまでもせめて同じ軌道を飛びたいが、そうするためには衝突回避装置を切るしかない。

　だが、それは自殺行為だ。

　仮に彼がそうしたいと思っても、機の感応頭脳が絶対に承伏しない。

　五一七飛行中隊の中で最後に残ったヤング中尉も同じ悔しさを味わっていた。

　十一軍最強の自分たちが四十五年も前の旧型機に総崩れになったとあっては、面目丸つぶれだ。

　競争相手である七軍の六四一飛行中隊の連中にも二度とえらそうなことは言えなくなる。

　何より――、

「ヘルツナー大佐に合わせる顔がないぞ！」

　思わず声に出して叫んでいた。

　すると、思いがけず返事が返ってきた。

「ヘルツナーが来てるのか？」

　シェイクスからの通信だった。

　ヤング中尉は驚いた。

　通信を傍受《ぼうじゅ》したウィルソン中尉もだ。もし相手が隣にいたら顔を見合わせていただろう。

　シェイクスからの通信は、男のような口調だが、女性の声だったからだ。

「そうか、ヘルツナーの奴も苦労するな。五一七の隊員がこの体たらくではな」

「何だと⁉」

「否定できないだろう？　ほら、追ってこい」

　ヤング中尉はかっとなった。

　ウィルソン中尉と共に小惑星帯に深く入り込んでシェイクスを追跡したが、とてもついていけない。

　運動性能なら二人が機乗している現行機のほうが圧倒的に優れているのである。

　少なくとも仕様書ではそうなっている。

それなのに現実ときたらこの有様だ。時代遅れのぽんこつに手も足も出ないのだ。

ウィルソン中尉は思わず呻《うめ》いた。

「ちくしょう……！」

「ぼやくな。最初から上手《うま》い奴はいない」

またシェイクスの女性が言ってくる。

「おまえたちは機体という箱の中にいる。そこから一歩も出ようとしない。それではだめだ。箱の中でいくら手足を伸ばしても何もできないぞ」

ウィルソン中尉にもヤング中尉にも何を言われているのかわからなかった。

「機体に言われるままに動くのではなく、おまえが機体を引っ張るんだ。意識は常に機体の鼻先におけ。――こんなことは基本中の基本だぞ。いったい何を習ってきた？」

笑いを含んだ声で言われると同時に、操縦室内に警報が鳴り響いた。

撃墜されたという合図だった。

戦闘を終えて基地に戻ってきたシェイクスを見て、ギャレットの技術者たちは呆気にとられた。

操縦席が空っぽだったからだ。

「スティービー！ ミズはどうしたんだ⁉」

「代替機に移乗しました」

「何だと？ 外でか！」

「はい」

操縦者は小惑星帯の中に代替機を用意しており、シェイクスを自動操縦にして一人で帰れと言い残し、宇宙服の身一つでそちらに移ったのだという。

技術者たちは救いを求めるような眼差しを顧問に向けたが、スコット顧問は黙って頷いた。

「ご苦労だったな。シェイクスからスティービーを回収しろ」

「は、はい。早速、記録の分析に入ります」

「今の操縦を参考にして、必ず次世代の感応頭脳に生かしてみせますよ」

「それはやめておいたほうがいいだろうな」

「何故です？」

　これぞ操縦のお手本とも言うべきものを目の前で見せつけられたのだ。これを反映させずに技術者が何をするのかと反論しようとしたが、顧問は彼らの心情を承知の上で、やんわりと首を振った。

「スティービーに確認してみればわかるだろうが、あれは例外中の例外だ。特異な操縦者に合わせても、他の人間には乗れないものができあがる。それでは到底、商品にはならんよ」

「ですが……」

　技術者たちは不満そうな顔だった。

　では何故、そんな特異な操縦者をわざわざ実験に使ったのかと言いたげだった。

「ああいう例外もいるのだということをきみたちに知って欲しかったのさ。――スティービーにもだ。現在は誰が乗っても同じように活躍できる戦闘機が求められている。それ自体は悪いことではないが、操縦者の能力には明らかに個人差がある。あれほど極端なのは珍しいとしても、操縦者の要望に応えて、多少の変更が効くような感応頭脳を開発することも大事ではないかと思ったのでな」

　そして顧問は、まるで悪戯が成功した時の少年のような顔で笑って見せた。

「あのスティービーの怒鳴られ具合から察するに、検討の余地は大いにあると思うぞ」

　技術者たちは何とも言えない顔になった。

　早速、スティービーから聞き取り調査を開始した。

　スコット顧問はその様子を苦笑とともに眺めつつ、格納庫を離れた。

　宇宙空間を一望できる通路に立ち、何となく外の景色に眼をやった。

　暗い宇宙空間が基地の照明に照らされて見える。その景色だけは自分が飛んでいた頃の宇宙と何も変わらないように見える。

　いつ来たのか、ヘルツナーがスコット顧問のすぐ傍《そば》に立っていた。

「ありがとうよ。スコット」

妙にしみじみとした口調だった。

老いても豪快なこの男にはらしくもないことだが、深々と吐息を洩らし、夢見るように言ったものだ。

「……いい冥土《めいど》のみやげができたぜ」

「何を言う。冥土へ行くのはまだ早いだろうよ」

「そうだな。何しろ、あの世から死人が戻ってくるくらいだからな」

わざとふざけた口調でヘルツナー元大佐は言った。

「それにしても、ありゃあいったいどういうことだ。墓の中から引きずり出したのか？」

「さてな、その辺のことは俺は知らんよ」

スコット顧問はあくまで空とぼけ、ヘルツナーも太い声で笑った。

実際、そんなことはどうでもいいことだった。

彼らにとっては、あのシェイクスが当時のままの見事な操縦を披露してくれたことこそが大事だった。

今も昔と変わらず闘えることが何より肝心であり、そして嬉しかった。

その時だ。宇宙空間に見知らぬ機影が見えた。

こちらへ近づいてくる。

司令室では、この不審機はどこから現れたのかと大騒ぎになっている。

隣の格納庫でも整備員が気づいて騒いでいたが、スコットとヘルツナーは微動だにしなかった。

その不審機はあっという間に視認できる距離まで近づいて、そして離れていった。

ほんの一瞬だが、二人の眼にはその姿ははっきり見て取れた。

優美な線を描く深紅の戦闘機だった。

退役した軍人二人は真剣そのものの眼差しになり、その姿を最敬礼で見送った。

# あとがき

一芸に秀《ひい》でた人が好きです。

その分野において誰にも負けない技術を誇っている人、余人を持って代えがたい能力を持っている人——そうした人たちは尊敬の対象ですらあります。

そこで今回のタイトルも、当初は『職人のプライド』とするつもりでした。

職人という言葉は、いい意味に使われる場合と、あまりよくない意味で使われる場合に別れるようです。

よくない場合は『芸術家として一本立ちするほどの才能がない』『特別な個性がなく、機械的に同じものしかつくれない』そんな感じでしょうか。

わたし自身は職人という言葉にあまり悪い印象はありません。

むしろ、真のプロフェッショナルという意味での褒《ほ》め言葉に近いものを感じます。

ある絵描きさんが『芸術家であるより腕のいい職人でありたい』と言ったそうですが、まさにそのとおり。

ですから、これはいいタイトルだと自分で思ったのですが、やはり担当さんから却下を食らってしまいました。

困惑しきった担当さんがおっしゃるには、

「職人は……、この言葉はちょっと……捻《ねじ》り鉢巻《はちま》きの親父さんが畳《たたみ》の上で胡座《あぐら》を掻《か》いて、一心不乱に作業に励《はげ》むようなところを連想してしまうんですが……」

　もちろん、それこそ真の職人というもの、大いに結構ではないですかと言ったのですが、

「職人は勘弁してください～～！」

　という魂の悲鳴を食らってしまいました。

　そんなに拒否反応を示すほど、この言葉はまずかったのでしょうか？

　未《いま》だに考えてます。

　そして鈴木理華《すずきりか》さん。毎度のことながら……ええ、本当に毎度のことながら……今回も申し訳ありませんでした！

　もう、いくらお詫《わ》びしても足りません。とてもお話しできない極悪なスケジュールの中、すばらしい表紙とイラストをありがとうございました！

　表紙のかわい子ちゃんも感動ものだったのですが、個人的にはこの裏表紙に注目です！

　何てすてきな真っ赤なお口！

　いやあ、ほれぼれしました。

茅田砂胡

ご感想・ご意見をお寄せください。

イラストの投稿も受け付けております。

なお、投稿作品をお送りいただく際には、編集部
(tel:03-3563-3692、e-mail:cnovels@chuko.co.jp)

まで、事前に必ずご連絡ください。

〒104-8320　東京都中央区京橋2-8-7
中央公論新社　C★NOVELS編集部

---

C★NOVELS Fantasia



スペシャリストの誇《ほこ》り
——クラッシュ・ブレイズ

2005年3月25日　初版発行

著　者　茅田《かやた》 砂胡《すなこ》
発行者　早川 準一

印刷　三晃印刷（本文）
　　　大熊整美堂（カバー）
製本　小泉製本

発行所　中央公論新社
〒104-8320　東京都中央区京橋2-8-7
電話　販売部03(3563)1431
　　　編集部03(3563)3692
URL　http://www.chuko.co.jp/

Published by CHUOKORON-SHINSHA, INC.
Printed in Japan　ISBN4-12-500890-6 C0293

---

# C★NOVELS大賞

第１回C★NOVELS大賞に多数のご応募ありがとうございました。C★NOVELSファンタジア編集部では引き続き新しい書き手を募集します。生き生きとしたキャラクター、読みごたえのあるストーリー、活字でしか読めない世界――意欲あふれるファンタジー作品を求めています。あなたの情熱をぶつけてみませんか!!

賞 **大賞作品には賞金100万円**
（刊行時には別途当社規定印税をお支払いいたします）
**大賞及び優秀作品は当社から出版されます。**

### 応募規定

①必ずワープロ原稿で、40字×40行を１枚とし、80枚以上100枚まで（400字詰原稿用紙換算で300枚から400枚程度）。通しナンバーを付けること。縦書き、Ａ４普通紙に印字のこと。感熱紙での印字、手書きの原稿はお断わりいたします。
②原稿以外に用意するもの。
⑴応募要項（タイトル、住所、本名（ふりがな）、筆名（ふりがな）、年齢、職業（略歴）、電話番号、原稿枚数を明記のこと）
⑵あらすじ（800字以内）
⑶FDもしくはCD-ROM（テキスト形式、ラベルに筆名・本名・タイトルを明記のこと）
③原稿に②で用意した⑴、⑵を添付し、右肩をクリップ等で綴じる。
④③で用意した原稿一式に⑶のFDもしくはCD-ROMを添付の上、郵送のこと。

### 応募資格

性別、年齢、プロ・アマを問いません。

**あて先**　〒104-8320　東京都中央区京橋2-8-7
中央公論新社『第２回　C★NOVELS大賞』係

**締切：2005年9月30日**（当日消印有効）

### 選考方法および発表

- C★NOVELSファンタジア編集部で選考を行ない、大賞及び優秀作品を決定。
- 2006年3月中旬に、以下の媒体にて発表する予定です。
中央公論新社のホームページ上→http://www.chuko.co.jp/
メールマガジン、ノベルスの折り込みチラシ、ノベルス等当社刊行物巻末

### 注意事項

※複数応募可。ただし、１作品ずつ別送のこと。
応募作品は返却しません。選考に関する問い合わせには応じられません。
※入選作の出版権、映像化権、電子出版権、および二次使用権など発生する全ての権利は中央公論新社に帰属します。
※同じ作品の他の小説賞への二重応募は認めません。
※未発表作品に限ります。但し、営利を目的とせず運営される個人のウェブサイトや同人誌等での作品掲載は、未発表とみなし、応募を受け付けます（掲載したサイト名または同人誌名を明記のこと）。

主催：C★NOVELSファンタジア編集部